伊達女《だておんな》

佐藤巖太郎

PHP
文芸文庫

○本表紙デザイン＋ロゴ＝川上成夫

伊達《だて》女《おんな》◉目次

鬼子母《きしも》　母・義姫《よしひめ》……5
濡れ衣　妻・愛姫《めごひめ》……65
釣鐘花　保姆《ほぼ》・片倉喜多《かたくらきた》……115
野風《のかぜ》の音《ね》　娘・五郎八姫《いろはひめ》……175
鬼封じの光　真田家・阿梅《おうめ》……223
〈主要参考文献〉……292

鬼子母《きしも》

母・義姫《よしひめ》

一

伊達軍、大崎家との戦いに敗れる。

その報は、米沢《よねざわ》城東館に住む保春院義姫《ほしゅんいんよしひめ》にももたらされた。

義姫は、髪を下ろした頭に指を強く押し当てた。苛立ちから始まった頭蓋《ずがい》の痛みのせいで、眉間《みけん》に皺《しわ》が寄るのを感じた。

二年余り前、夫の輝宗《てるむね》を失った時、剃髪《ていはつ》した。号は保春院。物事の始まりを意味する春の字を使い、平安の世を望んで名づけた。その号を無視するかのような現状に、頭蓋の痛みは止むことがなかった。

諸侯が群雄割拠する奥羽《おうう》において、味方の敗北自体は珍しくもない。知らせを聞いて動揺したのは、実家の最上《もがみ》家が大崎側に加担したと聞いたからだ。

このままでは、伊達と最上が敵対する事態になりかねない。そうなれば、じつの息子とじつの兄とが争うことになる。伊達家に嫁いできた義姫としては、立つ瀬がない。

二つ年上の兄、最上義光《よしあき》の姿が脳裏に浮かぶ。十七の時に嫁いできて以来、二十四年。互いの立場は大きく変わった。ただ、幼い時から気心の知れた兄とは、いまだに手紙のやり取りが続いている。

時の流れは速いものだ。山形城で華やいでいた十七の娘は今、白の道服《どうぶく》に身を包んで落飾《らくしょく》している。伊達家の正室になった時には、自分の産む嫡男《ちゃくなん》が、将来、実家の最上家と敵対することになるとは思いもしなかった。

その嫡男は今、味方の敗北を知り、大崎への侵攻を悔いているだろうか。

伊達藤次郎政宗《とうじろうまさむね》。義姫の産んだ息子である。齢《よわい》二十二。十八歳で家督を継ぎ、伊達家の当主となるや、他家との緊張は高まり、一触即発の事態になった。天正《てんしょう》十六年（一五八八）二月の今では、二本松畠山《はたけやま》、佐竹、芦名《あしな》、相馬《そうま》、岩城《いわき》、二階堂らの近隣諸侯と争い続けている。

「不利な戦いになるのは、最初からわかっておったであろう。雪の深いこの時期に、大崎攻めに北へ進軍する政宗の意図がわかりませぬ」

実家の最上家への非難よりも、気持ちの通じない政宗への非難が先に口をついて出た。

目の前には、知らせを届けてきた小原縫殿助《おばらぬいのすけ》が神妙な面持ちで座していた。小原は次男・小次郎《こじろう》の傅役《もりやく》である。

「殿には殿のお考えがおありでしょう。こたびは大崎家に内紛が起きたため、兵を動かしたと存じております。時勢は、伊達家にとって有利なものでございましたゆえ」

大崎家は、伊達領の北東部で国境《くにざかい》を接する領主である。南北朝時代に奥州管領《おうしゅうかんれい》として下向《げこう》した斯波《しば》氏を祖とし、代々奥州探題《たんだい》を務める名門だったが、今では探題職を伊達家に奪われるほど衰退している。

その大崎家の内紛を機に、伊達政宗が大崎領への侵攻を目論んだのは、一月のことだ。留守政景《るすまさかげ》、泉田重光《いずみだしげみつ》らの伊達軍が志田《しだ》郡松山城に着陣し、大崎の居城に兵を進めようとしたのだ。だが、桑折《こおり》城主・黒川月舟斎《げっしゅうさい》晴氏の裏切りに遭《あ》い、泉田重光の軍勢五千が吹雪の中で新沼《にいぬま》城に押し込められ、孤立してしまう。

二月末になって、泉田重光を大崎へ人質に出す条件で一時的に停戦し、ようやく泉田勢五千は退陣できたものの、今この時、伊達の居城のある米沢の北では、山形最上家と睨《にら》み合いが続いている。

大崎を本家筋とする最上家は、当主義光の正室が大崎義隆《よしたか》の妹ということもあって、大崎に合力《ごうりき》する立場にあり、大崎に捕虜に取られた泉田重光は、最上に送られていた。

義姫の不満は収まらない。

「大崎での負け戦《いくさ》を知った諸侯は、ここぞとばかりに伊達家に矛先《ほこさき》を向けよう。南には佐竹、芦名、東には相馬の強敵が控えておる。最上家とは和睦《わぼく》を結ぶべきであろう」

　義姫の願いは、ひとえに伊達家と最上家との関係の修復に向けられていた。それが伊達家にとっての最良の選択だと信じてもいた。

　全方位の敵と干戈《かんか》を交えるのは、どう考えても愚策に思える。せめて最上家とは、和睦を結ぶのが望ましい。義姫という交渉の窓口はまだ閉ざされてはいないからだ。

「殿は、再び大崎侵攻のために、北へ援軍を送ろうと考えておられるのかもしれませぬ。殿のご判断がまとまるまで、今しばらくお待ちくださいませ」

「援軍を送れば、人質の泉田の命が危うくなろう。泉田は伊達家の重鎮《じゅうちん》。自ら人質になって五千の兵を救った人物を殺させてはなりませぬ」

「それは仰《おお》せのとおりでございますが……」

　義姫は焦《じ》れた。

「とにかく。手遅れにならぬうちに、最上の兄上に頭を下げて和睦するよう、政宗に伝えてたもれ」

　義姫が頼んでも、小原は返答をためらった。しばらくして重い口を開いた。

「それが、お東《ひがし》の方《かた》様の前では申しあげにくいのですが……」

　城の東館に住む義姫は、家中からお東の方と呼ばれる。遠慮があるのか、小原はそこから先を口ごもった。

「はっきりとお言いなさい」

「はい。じつは近頃、殿は、拙者《せっしゃ》がお言葉を伝えに参上するのを疎《うと》んじるようになられまして……」

その言い分を聞き、胸に微かな痛みが走った。

小次郎がたびたび東館の義姫の部屋を訪れるために、傅役の小原と接する機会も増えていた。政宗はその事情を知って小原に会うのを敬遠しているという。

「政宗は、私の話など聞きたくないということか」

小原に戸惑いの表情が表れた。二の句が継げずにいる。

政宗の荒い気性《きしょう》が、母譲りなのは自他ともに認めるところだ。十五で初陣《ういじん》を迎えた頃からだったろうか、気性が荒い者同士、親子でも意思の疎通が難しくなった。政宗が義姫との間に沈黙の壁を作ったのだ。義姫の関心はいきおい、温厚な性格の小次郎に向けられ、兄弟間で、母との親密さに差が生じている。

「政宗に会えないと言うのなら、私の名を出して片倉小十郎《かたくらこじゅうろう》に面会を申し出よ。政宗に和睦を説くように伝えてまいれ。側近から説き聞かせれば、さすがに耳を傾けるであろう」

「かしこまりました」

激しい剣幕に気圧《けお》された小原が、一目散に立ち去って行った。

義姫は短いため息をついた。

男は、女の苦言を聞こうとしない。女の役目は限られ、男から疎んじられる。奥羽の領主は、娘が生まれると他家に嫁がせて、結び付きを強めようとするのが普通だ。娘は、他家との結束を固める道具とみなされる。武芸に劣る女の役割はそう決め付けられている。

では、他家に嫁いで跡継ぎを産んだ女は、そこから先は何を励みに生きていけばいいのか。女は男と違って、家の繁栄に力を尽くせない存在なのだろうか。

幾度も繰り返した問いだ。義姫がこんなことを考える時、目に浮かぶのは母の姿だった。

母は、夫や息子の武運長久《ぶうんちょうきゅう》の祈りのため、菩薩《ぼさつ》の刺繡《ししゅう》作りに勤《いそ》しみ続けた。その姿は頭の隅に今でも残っている。

子を産み終えたおなごは、すでに用済み。だれもがそう決め付けて疑おうとすらしない風潮に、抗《あらが》いたい衝動があった。

義姫は廊下に出て、侍女を呼んだ。慌てた様子で、お初《はつ》が駆け寄ってきた。

「北へ向かう出入りの商人《あきんど》が来ていましたね。城内に引き留めておくように。文《ふみ》を山形へ届けてもらいます」

そう告げながら、義姫は筆と紙を用意した。

「最上の殿様へのお手紙でございますね」

「私から兄に頼んでみます。伊達家と和睦していただきたいと」

うなずいたお初が部屋を出て行くのを見送って、早速、筆を執《と》った。

義姫は最初に、山形から庄内《しょうない》まで領地を広げた兄・義光の武勇を讃えた。伊達と最上が手を結ぶことで、越後《えちご》の上杉景勝《かげかつ》の脅威に対抗できる利点を匂わせた。そのうえで、両家は結束すべきだと書いた。

和睦の嘆願――。強情な政宗なら、決して言い出さない。だが、自分なら交渉できる。このまま指をくわえて、伊達と最上の争いを見ている気はない。その一心だった。

四半刻《しはんとき》後に書き終えた時、義姫の胸には小さな満足があった。

今、伊達家は大崎侵攻に失敗し、近隣諸侯は伊達を倒す機をうかがっている。そうした不利な状況でも、政宗は弱みを見せようとしない性質《たち》だ。ならば、私のほうが和睦の話を進める役に適している。

子を産み、守り育てる女は生来、戦を忌み嫌《い》う気質を備えている。だからこそ、できることもあるのではないか。

たしかに男と違って戦う力は劣る。が、他家との関係は何も戦ばかりではない。

互いに助け合い、結束するのもまた、家同士のあり方のひとつだ。互いの関係の修復なら、女にもできないはずはない。

この義姫の考えは間違っていなかった。

半月後のことである。最上義光は、義姫の提案に前向きな返事をよこした。

その返書を政宗に届けると、直後に、片倉小十郎景綱《かげつな》が東館を訪ねてきた。

義姫は、小十郎が座に座り終わらぬうちから切り出した。

「兄上が和睦に応じてもよい、と申しておること、政宗に伝わりましたか」

片倉小十郎は大きくうなずいた。

「そのことにございます。殿も、最上家との和睦を推《お》し進める件、お東の方様にお願いしたい、との仰せでございます」

「政宗が……」

頭上に光が射した気がした。義姫の胸の中に静かな喜びが湧き上がった。

お東の方様にお願いしたい。政宗がそう言ったという。

それが真意ならば、これほど嬉しい言葉はない。最上家との交渉役になる義姫の価値を、政宗が認めたということだ。義姫には、他の宿老《しゅくろう》たちでは務まらない役割があると、政宗が気づいたと言ってよい。

片倉の話はそれだけで終わらなかった。

「ただし、殿は条件を提示しておられます」

「条件……」

「人質になっている泉田重光殿を返してもらうのが、その条件でございます」

「その件ならば重々承知しておる。泉田は伊達兵五千の、いわば身代わりとなって、囚われの身となりました。かような人物を見捨てては、伊達の家名に傷がつくというもの。私からも最上の兄上への書状で、泉田の返還をお願いしております」

片倉がうなずいて、安堵《あんど》の表情を浮かべた。

「泉田殿が帰ってくれば、最上との和睦、つつがなく結ばれるものと存じます」

「わかりました」

義姫は、はやる気持ちを抑えた。

それから日々が流れていく中で、義姫は根気よく、書状を送り続けた。

二

「大崎との和睦はできないと申すか」

季節が変わり、暖かな日が続くようになった頃、義姫は、片倉小十郎に向かって声を荒らげた。

「そうは申しておりませぬ。最上、さらには大崎との和睦に至るには、その前に、まず人質になった泉田殿の解放が先でなければならないということでございます」

和睦と人質解放の順序で対立があった。

最上義光は、大崎家との和睦についての誓詞《せいし》を先に差し出すよう、政宗に求めていた。これに対して政宗は、人質の返還が先だとこだわりを見せた。そのために双方の歩み寄りは膠着《こうちゃく》しているという。

「殿は、齢六十になられる泉田殿の体の加減を案じておられます」

苦渋《くじゅう》に満ちた顔で、片倉が事情を説明した。

「順序にこだわって和睦に時をかければ、その泉田の具合がかえって悪くなるであろうが」

「人質を取ったままで、伊達家に歩み寄れと申すのは、まことの親交にあらず。殿はさようにお考えなのでしょう」

当初は、義姫も政宗の考えを伝えて、人質返還を先に行うように頼んだ。だが、義光の伊達家に対する警戒心はことの外強かった。

言葉だけの和睦を信用していない。和睦が成立して両家が親密になった後であれば、人質を返還するという。あまりにその決意が固いので、義姫も、政宗が譲歩すればよいと思いはじめたところだった。

だが、政宗も、引き下がる構えを見せなかった。相手の譲歩が先だという点に執着し、譲る気配がない。そのため、国境には最上家の軍勢が集まり、伊達家と対峙《たいじ》して一瞬たりとも気が抜けない事態になりつつあった。

その結果、義姫の拠《よ》り所とする書状のやり取りまで滞りはじめた。兵による監視が厳しくなったので、両家を行き来する商人も厳しく検分されるようになったのだ。肝心の書状が届かなければ、交渉の役目もうまくいかない。伊達家も最上家も、最終的に和平を結ぶ気があるにもかかわらず、体面にこだわって話が先に進まない。より大きな使命のためには小さな面子《メンツ》など捨てるべきなのに、それができずにいる。

義姫は苛立った。もどかしさに大声を出したいような感情を抱《いだ》きながら、頭に浮かぶのは、静かに手を動かし刺繍する母の姿だった。

なるようにしかならないと達観していたのだろうか。あるいは、満ち足りない心の動揺を鎮《しず》めるために、刺繍に精を出していたのだろうか。女が家同士の交渉をつかさどることなど、始めから夢物語だというのか。

そんなことはない。自分は、すべてを諦めていた母とは違う。

まだできることはある。義姫は侍女のお初を大声で呼んだ。

「具足《ぐそく》の用意を」

「具足……。いかがなさるのでございますか」

「最上との国境に行きます」

「えっ……。最上に」

「早くせよ」

「はい」

お初をはじめ、侍女や用人たちは、慌てて支度を始めた。

戦支度といっても、本当に戦いに行くわけではない。それは、最上の教えを実践する時の衣装だった。

身の危険が生じたならば、恥辱《ちじょく》よりは死を選ぶ――。潔《いさぎよ》く死を選べるように、身には戦支度をまとうのだ。

嫁入りの時に最上家から運んできた具足は、武家の女の嗜《たしな》みとして持たされたものだ。義姫は籠手《こて》と袖具足をつけ、足には脛当《すねあ》てをつけた。重い胴具足はつけず、額には白い鉢巻きを締めた。

騒ぎを聞いて集まってきた家中の者たちが、何事かと遠巻きに見つめている。衆目の中で義姫は、侍女や用人たちに支度を急がせた。

半刻後には、義姫一行は北を目指す道中にあった。荷駄には必要な糧食を積んで馬に引かせ、派手な女物の輿《こし》を運ばせたが、大半は自分の足で歩いた。

やがて目的地に到着した。

中山峠《なかやまとうげ》――。最上家と伊達家の国境の峠である。その場所からは、睨み合いを続ける伊達軍と最上軍が見渡せた。土塁と木柵が築かれた辺りが、それぞれの陣営のある場所なのだろう。最上側には物見櫓《ものみやぐら》まで築かれていた。

義姫は輿を置かせた。

「ここらでよかろう。すぐに小屋掛けせよ」

峠に着くと、直ちにそう命じた。小屋の材料には、付近から丸木を調達した。連れてきた大工たちの仕事は速く、半日で仮小屋ができ上がった。

「ここにいつまで居座られるのでございますか」

お初の横にいた若い侍女が、怪訝《けげん》な顔で義姫に尋ねた。

「いつまでかかるかはわからぬ。和睦の目途がつくまで、帰るつもりはない」

義姫は着物の袖を捲《まく》り、紐で襷掛《たすきが》けをすると、近くにあった丸太に腰を下ろして前を見つめた。

三

中山峠からは、懐かしい最上領が一望できた。

木柵の向こうの物見櫓と陣屋《じんや》は、最上の歩哨所《ほしょうじょ》か監視小屋なのだろう。数十人の兵たちの動きが慌ただしくなったのがわかる。後方の本隊に状況を伝えているかもしれぬ、と想像した。

粗末な掘立《ほったて》小屋だが、最上の領地近くである。敵からすれば、攻撃を警戒してざわめくのも無理はない。

「いきなり攻め掛かられてはたまらぬ。最上出羽《でわ》の妹・保春院が和睦の使者としてまかりこしたが、事を荒立てぬようにと、最上の陣屋に伝えてまいれ」

義姫は、伊達側の陣屋にも同じ内容を伝えていた。兵が動きを見せれば怪しまれる。戦支度姿で小屋に近づかぬように、伊達陣営にも言い含めた。

交渉再開の準備はできていた。義光宛の手紙は前もって用意してある。義姫は、それを用人に持っていかせ、最上家の歩哨に託した。最上家にとっても重要な書状だから、必ず届けるようにと念を入れた。

伊達家と最上家を取りなせるのは、自分だけだ。

だが、肝心の書状が相手に届かなければ手の打ちようがない。睨み合いが続けば、何かの拍子で小競り合いが始まり、戦端が開かれないとも限らない。中山峠まで来たのは、和睦を促《うなが》す手紙を確実に最上へと届けるためだった。

さらに、両家とかかわりのある自分が国境に居座れば、どちらも手を出すのに躊躇《ちゅうちょ》する。そんな算段も働いていた。

義姫は、どちらの陣営からもよく見える高台に築いた仮小屋の横に、派手な女物の輿をこれみよがしに置かせた。

これで幾日かは、居座れる。

これまでは城の東館で何不自由のない暮らしをしながら、何事をも為せない己の立場を嘆いていた。が、男たちが経験する野営の厳しさも知らずにいくら不満を抱いてみても、所詮、井の中の蛙《かわず》の戯《ざ》れ言《ごと》でしかない。

両陣営の真ん中に居座ったのは、そうした負い目を払い去るためでもあった。自分だけ安穏《あんのん》とした場所に居て解決条件を提示しても、男たちは耳を傾けはしない。だからこそ、思い切った行動に出る必要があった。

とはいえ、思った以上に劣悪な環境に辟易《へきえき》した。

仮小屋は二間《にけん》四方の粗末な造りにすぎない。夜には、闇の底に閉じ込められたような侘《わび》しさに襲われた。季節の変わり目でもあり、雨が降るたびに屋根のそこかしこからの水滴が、頭に降りかかった。

さらに、時折、蟻《あり》や毛虫が衣をよじ登って来るのにも閉口した。香を焚《た》いて追い払おうにも効き目は薄い。それでも意地になって、そうした不気味さにも耐え続けた。

　数日が過ぎたある夜、人目を避けるように小屋を訪れる人影があった。伊達家の家臣、国分盛重《こくぶんもりしげ》が小屋までやって来たのだ。国分は、義姫の亡夫・輝宗の弟である。義姫を説得に来たのは明らかだった。

「だれも近づかぬように、とお頼みしたはずですが」

　さすがに国分にまで強い態度を表せない。だからこそ、国分が使者として現れたのだ。

「そうもいきませぬ。殿も、義姉上《あねうえ》のこたびの行いを憂えておられます」

「私なりの覚悟があって、和睦を進めるためにここへ参りました。伊達家にも政宗にも迷惑はかけませぬ」

「されど、義姉上が最上側に捕まり、人質にされれば、相手にとっては切り札となりましょう。それを危ぶむ声は家中にも高まっております」

「人質と言いましたか。最上の兄は、身内にそこまでの仕打ちは致しませぬ。むしろ、私と兄が対面できれば、和睦はいま以上に進展すると思いまする」

　国分の言葉を怯《ひる》むことなく退けた。説得できないと知り、国分も引き揚げて行った。自分の思いを口にしたことで、滅入《めい》りそうな義姫の心に張りが戻った。

　もはや後戻りはできない。和睦を実現する決意を固めたことで、肌の汚れや這い回る虫が気にならなくなった。また、わずかな食を口にするだけで満ち足りるようにもなった。

　不安な立てこもり生活の中、これはこれで趣《おもむき》があると思いはじめた頃、最上側に動きが表れた。

　義姫が新たな書状をしたためていると、小屋の外の見張りの家士が大声でわめく声が聞こえた。見張りといってもわずか三人の衛兵だが、口々に「敵襲」と叫んでいる。

　小屋の中の空気が張り詰めた。物々しい絶叫を聞いて瞬時に緊張した義姫の耳に、それとは別に聞き覚えのある声が響いた。

「控えろ、下郎《げろう》。わざわざ正面から寡兵《かへい》で歩いてやって来たというのに、敵襲のわけがなかろう」

　懐かしい声だ。仕切り戸の外から聞こえるのは、最上義光のものだった。

　気が付けば表へ走り出ていた。見ると、三人の護衛だけを連れた義光が、衛兵を押しのけようとしている。

「兄上」

　義姫の口から、すがるような声が漏《も》れた。

　それには答えず、義光は仮小屋の前で立ち止まって安普請《やすぶしん》に目をやった後、勝手に中へと入って行った。

小屋に入ると、義光はにらみつけながら腰を下ろす。

「義《よし》。何の真似だ」

義光は、義姫を昔どおりに義と呼んだ。言葉を探す義姫に対して、先に義光がいきり立った。

「おなごが戦場に輿で乗り付け、間に入って戦いを止めるつもりか、馬鹿めが」

兄・義光の興奮を見て、義姫はかえって心が落ち着いた。

「そうではありませぬ。両家が臨戦態勢で対峙すれば、和睦のための書状すら届けられませぬ。こうして居座れば、兄上が必ずお越しになると信じ、お会いできるのをお待ち申しておりました」

「小賢《こざか》しいことを抜かすな」

蹴飛ばされた茶碗が床の上で割れて、大きな音を立てた。

兄の荒々しい仕草を見ても、義姫は動じなかった。男たちは、争いが起きると激情に囚われて冷静になれない。敵同士が国境で怒りを露《あら》わにすれば、やがて怒りの火種が発火し、戦が起こることもあろう。

誓詞の提出が先か人質解放が先かで、目くじらを立てている場合ではない。

「兄上にお尋ねしたいことがございます。のちのち伊達家とは、いかなる関係を築きたいとお考えですか。最上のお立場をお聞かせください」

「立場だと……」

「伊達家と和平を結んで共存するお考えなのか、伊達家と最上家との両立はありえないとお考えなのか。はっきりとお聞きしたいのです」

「それは政宗しだいだ。最上、大崎と和睦を結ぶと言っておるが、一時の方便にすぎまい。政宗は、寝返った者に対して執拗《しつよう》に敵意を抱き続ける性質《たち》だ。大崎に加担した黒川月舟斎への怒りを、いまだに捨ててはおるまい。そういうところが信用できぬのだ」

「政宗は、逆心を抱いた大内定綱《さだつな》を再び家臣に加えたばかりでございます。兄上はそれをご存じないのですか。最上とも和睦はできまする。しなければならない理由があるのでございます」

「どんな理由だ」

「今、仙道《せんどう》では、佐竹、芦名、岩城、二階堂、さらには相馬が手を組み、伊達家を脅《おびや》かしておりまする。このまま最上、大崎と事を構えれば四方を敵に囲まれることになります。それゆえ、北方の憂いを無くすためにも、最上との和睦が必要かと存じます」

仙道とは、白河《しらかわ》の関から北に広がる地域を指す。岩瀬、安積《あさか》、安達《あだち》、信夫《しのぶ》を通って国分千代《こくぶんせんだい》に通じる。この仙道を制することは、奥羽を制することになる。

義光は、突き放すような笑みを浮かべた。

「相馬からは、わが最上を味方につけようと、しきりに使者が訪れておるわ。われらとて、伊達攻めに加わったほうが好都合というものだ」

これまで奥羽では、諸家が互いに反目を続けながらも縁組により誼《よしみ》を通じ、最後には家の滅亡を避けて共存するという仕組みを築き上げてきた。どこかの家が突出した行動を取れば、残りの各家が結束してこれに対抗し、最終的には和睦することによって、地域の和平を実現してきたのだ。

伊達家は、その中心になって各家をまとめてきた家柄である。

だが、輝宗が横死《おうし》した途端、諸侯は伊達家を疎んじている。その変わり身の早い態度が、義姫には納得がいかなかった。兄の義光までが伊達家への敵愾心《てきがいしん》を見せたことで、穏やかではいられない。

「伊達家は奥州探題職でございまするぞ。それゆえ、最上家も私を嫁がせて、伊達家と懇意《こんい》にしようと目論んだのではございませぬか。お忘れになりましたか」

せせら笑いを浮かべながら、義光は大仰《おおぎょう》に片手を振ってみせた。

「時代は変わった。奥州探題を与えた将軍家そのものが、今は廃《すた》れておるわ。実《じつ》を伴《ともな》わぬ看板に今さら何の意味があるというのだ」

呑み込んだ言葉があった。最上家が主筋と仰ぐ大崎家こそ、今では廃れている。

そう言い返そうとも思ったが、何しろ義光とはここ何年も顔を合わせていない。むやみに相手を怒らせるのは、はばかられた。

義姫は笑みを返した。

「では、実りのある話を致しましょう。今の最上にとっては、伊達領より庄内のほうがはるかに要衝の地のはず。その庄内には、上杉も目を光らせているのではありませぬか。越後との国境は緊迫しているのでございましょう。守りを固めるためにも、最上は伊達家との和睦を進めるべきかと存じます」

義光の目が泳いだ。再会してから、義光が初めて真顔になった。その態度の変化は、義姫の指摘が的を射たことを意味していた。

ここが切所《せっしょ》――。そんな思いが義姫の頭をかすめた。一言一言、念を押すように話した。

「上杉と戦になれば、最上家は、伊達口の兵を越後に向けなければなりませぬ。両家の和睦は、双方の利害の一致するところでございます。政宗は、受けた恩義には報います。越後が侵攻してくれれば、援軍を出すこともやぶさかではございませぬ」

義光が腕を組んだ。

「口先でうまいことを申しておるが、そなたの一存であろう。政宗にその気があると、請け合えるのか」

「さすがに請け合うことはできませぬ。が、もし最上への援軍がかなわなくても、軍《いくさ》道具の手配なら私にもできまする。堺《さかい》の商人と懇意にしておりますれば、米沢城に鉄砲を届けさせたこともございます。最初は二十挺程、最上へ手配いたしましょう」

「鉄砲だと」

「仙道には、あまたの金山銀山があります。金銀を使って武具の援助もできるはず」

家同士のつながりは、派兵に限らない。武具や特産品の商いもあるのだ。

義姫は少し思案してから、畳みかけた。

「両家が潤《うるお》う道を探れば、伊達家と最上家双方の利益になると存じます」

眉間に皺を寄せながら、義光が黙考を始めた。やがて意を決したように切り出した。

「よし。まずは最初の鉄砲が届くかどうか、様子を見ることにしよう。届いたなら、こちらもそなたの言葉を信用してもよい」

「人質の泉田重光をお返し願えますか」

義光が口元を歪めた。一瞬、少年だった頃の童顔に戻った気がした。

「泉田か。やつにはさんざん心替わりを促したが、頑として受け付けなかったわ。

まことの、もののふだ。伊達に置いておくには惜しい」

立ち上がって、義光はもう仮小屋の戸に向かっていた。すぐに姿が見えなくなると、小屋の外から「鉄砲が先だぞ」という声だけが返ってきた。


七月――。

中山峠での義姫の居座りは八十日に及んだ。最上家と伊達家の和睦が結ばれ、人質の泉田重光の引き渡しが両家立ち会いのもとに行われた。

その知らせを聞いて、義姫は肩の荷が下りた気がした。が、それ以上にいつになく高ぶっている自分を感じた。

両家の争いを止めたいという理由だけで動いたわけではない。

自分は兄や息子に見せつけたかったのだ。たとえ女であっても、自分なら和睦をまとめられるということを。

義姫は和睦に満足して城へ戻った。

四

「兄上は近頃、よく城を離れておられるな」

次男の小次郎が、あどけなさの残る顔を傅役の小原縫殿助に向けた。

「最上、大崎と和睦を結んだおかげで、殿は仙道の攻略に専念しておられます」

四方を敵に囲まれた伊達家の危難は、ひとまず去った。

その後の政宗の関心は、伊達家の南下に向けられている。米沢城に残っているのは、最小限の兵力となる留守居《るすい》の将卒たちのみだ。静寂に包まれる城内で、義姫は、小次郎と小原の訪問を受けていた。

「最上との和睦がなったのは、すべてお東の方様のお働きによるものでございます」

小原が歯の浮くような追従《ついしょう》を口にする。

晴天の昼下がりだというのに、義姫の胸の内にはさざ波が立っていた。

「家中の者たちすべてが、そう考えているわけではあるまい。噂は私の耳にも入ってきます」

届くのは賛辞ばかりではない。当主の母親とはいえ、口出しがすぎると、義姫は家中の反感も買っていた。そうした非難は、出しゃばる女を嫌う武家特有の狭い了簡《りようけん》とつながっている。

「母上を悪く言う者がいたら、この私が許しませぬ」

小次郎が口をとがらせた。自分のことのようにいきり立つ小次郎を見て、義姫の口の端が思わず持ち上がってしまう。だが、困惑した小原と目が合った途端、頭の隅に懸念が渦巻き、嬉しさを打ち消してしまった。

家中の評判は甘くない。批判を繰り返す者たちの中には、義姫を鬼母《きぼ》と呼ぶ者さえ現れているのだ。義姫はもどかしさに下を向いた。

鬼母の呼び名は、おそらく鬼子母《きしも》の話から来ているのだろう。鬼子母は、五百人の自分の子を養うために、人間の子を殺して与えたという伝説上の鬼女である。人間界では悲しみの泣き声が絶えず、老若男女から恐れられたという。

それほど、義姫の振る舞いが家中に与えた衝撃は、大きかったともいえる。最上と伊達の両陣営の真ん中に居座り、戦を止めた苛烈な行動が誇張されていた。

懸念はそれだけではない。

義姫の不安は、政宗の行動にも向けられていた。政宗は戦闘意欲が旺盛《おうせい》で、近隣に伸ばそうとする手をいささかも緩めることをしない。

伊達家は他家と友好な関係を結んで共存するべきなのに、政宗は最上家との和睦を、南奥羽での戦線拡大の手段に使っている。北方の憂いが消滅した分、南方進出に力を注ぐ結果になった。

「政宗は、まだ戦を続けるつもりなのか」

「おそらく」

小原は躊躇なくうなずいたが、そのまま硬い表情を崩さなかった。先ほどよりもさらに困惑した顔で目をしばたたかせた。

紛争地となったのは、安積郡の東に位置する田村郡である。政宗の妻・愛姫《めごひめ》の実家の田村家が、この地を治めていた。

が、当主の田村清顕《きよあき》が没すると、田村家では、伊達派と相馬派の対立を生んだ。政宗は三春《みはる》城に入ると、相馬派の中心だった田村清顕の後室を、三春城から船引《ふねひき》城へ引退させた。その結果、田村郡は事実上、伊達領となった。

義姫は大きくため息をついた。そして、口を閉ざす小原の顔を見た。

「敵味方の兵力をよくよく考えてのことであろうな」

「殿に抜かりはないかと」

小原の声が低くなった。小次郎も口を真一文字に結んだままだ。

出る杭は打たれる。田村郡を伊達領にしたのを境に、周囲の各家との衝突は避けられない情勢になった。

田村領は、東側では相馬領、岩城領と接しており、西側では芦名領、さらに南側では佐竹領と接している。各家にとっては、伊達の侵入を阻《はば》む重要な緩衝《かんしょう》地帯だったが、その地を侵されて放っておくわけにはいかなくなっている。

国境を巡る争い。各家は伊達領へ戦を仕掛けてくるようになるだろう。

とくに、芦名家では、当主の亀王丸《かめおうまる》が夭逝《ようせつ》したため、佐竹家から義広《よしひろ》が養子に入り、芦名・佐竹家が一体化して伊達家と敵対するようになっている。強大な芦名、佐竹と激しい緊張が生じたことで、義姫は改めて政宗という自分の子への戸惑いを覚えた。

「相手があまりに強敵すぎるとは思わぬのか」

芦名は四百年もの間、会津《あいづ》領を治めた名家だ。さらにその背後には北関東の雄、佐竹家が控えているとなると、できることなら悶着《もんちゃく》を起こしたくない。奥州探題職という体面を保持しつつ、穏便な協力関係を築いていけばよい。

それが、義姫の偽らざる本音だ。家を滅ぼすことになっては取り返しがつかない。

「このまま、大過なく終わればよいが」

天正十七年（一五八九）五月――。

義姫の懸念はいよいよ現実のものとなる。

芦名・佐竹連合との衝突は、結局、避けられなかった。城の東館にも、刻々と報告が入ってきた。伊達勢は芦名との国境近くの安子島《あこがしま》城を落とし、さらに高玉《たかたま》城に肉薄したとの知らせである。

義姫はじっと耐えて結果を待つしかなかった。高玉城を落とせば、あとは猪苗代《いなわしろ》城まで芦名の支城はない。芦名勢が集結するのは、居城の会津黒川城ということになる。居城まで迫る伊達勢を前に、芦名とて死に物狂いで立ち向かって来るだろう。もはや和睦はなく、どちらかが斃《たお》れるまでの、雌雄を決する戦いになる。そうなった時、もし負ければ伊達家は滅びる。

そのような危ない橋を渡るつもりなのか。

それまで招集のかからなかった城内の足軽組の大半が具足をつけ、猪苗代湖を目指して南下して行った。

見送る義姫は、兜姿の将らしき者を見つけると、手当たりしだいに頼み込んだ。

「政宗に伝言を頼みます。政宗の一存で伊達家が滅びるような事態は、なんとしても避けなければなりませぬ。若さゆえの意地や見栄だけで突っ走っても、そのあとに待つのは破滅への道。たとえ政宗がそれを本望だとしても、伊達家の家門を賭けた博打《ばくち》など認めるわけにはいきませぬ」

だが、多くの場合、小原が義姫を制止した。

「お控えください。家中にはお東の方様のお口出しを快く思わぬ輩《やから》もおりまする。ここは、殿のそばにおられる桑折（宗長《むねなが》）殿や小梁川《こやながわ》（泥蟠斎《でいばんさい》）殿ら、重臣の方々に委ねるべきかと」

いつもの小心そうな口ぶりと違い、険のある口調だった。

二人の応酬を横目に、あちこちで忍び笑いが起きる。

義姫は天を仰いだ。

じかに、書状をしたためるしかない。数日の間に、何通も書簡を書き上げた。伊達家には、政宗がはやるのを止める重臣も、冷静な側近もいない。自分が伝えないかぎり、政宗の暴走は止まらない。

芦名との衝突はもう始まってしまっただろうかと義姫が考えていた時、片倉小十郎の異父姉・喜多《きた》が、血相を変えて部屋に駆け込んできた。普段は白の元結《もとゆい》で丁寧に後ろで束ねた髪が乱れている。

その慌てた姿を見て、嫌な予感がした。状況からして、戦端が開かれたのだろう。そうなれば、もう後戻りはできないかもしれない。

「一昨日、猪苗代湖の北に広がる摺上原《すりあげはら》にて、わが軍は芦名と開戦」

開戦……。すでに始まったのか。遅かった。義姫は目の前が暗くなるのを感じた。

しかし、喜多の様子は何だ。喜多の後ろにいる侍女たちも、なぜか、心なし浮かれたように見える。

喜多は跳ねるようにして、手に持った書状をひらひらと振りかざした。

「お味方は、その日のうちに芦名を討ち破り、会津黒川城に入る構えとのこと」

えっ……。

芦名を討ち破ったと言ったのか。

おお。横で聞いていた若党たちから歓声が上がる。

「それはまことですか」

義姫はその場に立ちすくんだ。しばらく状況を理解するのが難しかった。

政宗が芦名に勝った。会津黒川城に入るのだという。それが本当なら、伊達家が始まって以来、最大の版図を得たことを意味する。

予想だにしない展開――。義姫の頭の中に去来《きょらい》した思いは、それだった。

「どうやって、あの芦名を破ったというのですか」

まるで現実味がなかったが、数日のうちに情勢は詳しく伝えられた。

伊達勢二万三千は、摺上原の戦いで、芦名勢一万八千に大勝した。その直前、芦名の重臣、猪苗代盛国《もりくに》を内応させ、猪苗代城を確保した。この盛国の離反により、伊達軍は会津黒川城に迫ることができ、決戦に至ったという。

芦名当主の義広の遁走《とんそう》。残された芦名家臣の伊達家への帰服。政宗の会津黒川城入城――。

南奥羽の諸勢力は、そうした流れの中で、次々と政宗に臣従の誓詞を差し出しているとの報告まで入っている。

状況は、義姫の想像を超えた。政宗は、居城を米沢城から会津黒川城に移すと通達してきた。米沢城にいる義姫も会津に移るように、という要請である。

そう伝えられて、すぐに侍女たちに荷造りを指示した。

数か月前なら、米沢城を離れる気にはならなかったかもしれない。戦闘意欲が旺盛な政宗に対し、何がしかの反感が自分の中にあった。

だが、政宗の器は自分の想像を超えている。

芦名を倒し、会津を自領とし、今や圧倒的な力で他者を帰属させた。力で奥羽の安泰は実現できないという自分の考えは、政宗の行動力の前では露ほども現実味がなかった。

存外、器量の大きさでは、歴代の当主さえ、政宗に敵《かな》わないのかもしれない。

おとなしく政宗の意見に従うべきだ。義姫は、そう自分に言い聞かせた。

それは親として喜びでもある反面、自分の限界を教えられた気もして内面は複雑だった。

五

会津――。

米沢から会津街道を十四里程上った場所。四周を深い山々に囲まれながら、律令時代から仏教の教えが広まっていた土地。

そのため、人々の信仰心は篤《あつ》く、慧日寺《えにちじ》をはじめとして多くの寺院が開かれていた。落飾した義姫にとっては、新天地にも等しい。

居館の部屋の隅に置かれていた文箱《ふばこ》の蓋《ふた》を開ける。政宗の自筆の文字が目に飛び込んで来る。義姫はその手紙を手に取り、丁寧に広げて読んだ。

数か月前に受け取った手紙を何度もそうしているから、紙が傷《いた》みかかっている。

――何卒《なにとぞ》、ご転居くだされたく願い上げ奉《たてまつ》り候《そうろう》。

この一行が読みたくて何度も手に取る自分が、滑稽《こっけい》にさえ感じる。米沢城は愛着のある場所だったが、政宗自らの書状で会津に呼び寄せられると、自分が断れないのはわかっていた。

会津に呼び寄せれば、母が勝手な行動をしないよう、監視できる。最上に近い米沢に置いておくよりは気苦労がなくなるという、政宗の内面は察知している。それでも会津に移ってきたのは、義姫の政宗を見る目が変わったからだ。

会津を自領とした政宗に対して、もはや口出しなどできるはずもなかった。

伊達家の栄華はここに極まったと言える。政宗は、天正十八年（一五九〇）の正月を盛大な祝宴を催して過ごした。奥羽の諸侯はこぞって年頭の祝いに訪れた。

重臣たちは、義姫にもあいさつに現れた。

「新年、おめでとうございまする。お東の方様におかれましては、ますますご健勝のご様子、恐悦至極《きょうえつしごく》に存じまする」

裃《かみしも》を身に着けた片倉小十郎景綱は、義姫の面前で平伏し、型どおりのあいさつを終えると天下の情勢に話を移した。

「京では、羽柴秀吉《はしばひでよし》が関白《かんぱく》となり、豊臣を名乗ると――」

帝《みかど》の権威を背景に、惣無事《そうぶじ》の沙汰《さた》を諸大名に向けて発したという。それは、大名間の私戦禁止命令だった。すなわち、大名同士による領土紛争を禁止したのだ。

この惣無事の沙汰は奥州にも伝えられたと、義姫は、兄の最上義光からの書簡で知らされていた。

「伊達家が会津を切り取り会津黒川城に入ったのは、惣無事に逆らうものだとの書状が届いております」

当初、奥羽の伊達家では、秀吉による私戦禁止命令に関心がなかった。畿内《きない》は奥羽から遠く、関白秀吉の力を理解する者が少なかった。だが、九州平定の話が伝わると、風向きが変わる。

九州では、薩摩《さつま》の島津家が、全域を支配下に置く勢いで大友氏と争っていた。秀吉は、惣無事の沙汰を発して停戦を命じたが、島津が従わなかったため追討軍を指揮して自ら出陣した。

驚天動地《きょうてんどうち》の勝利。なす術《すべ》もなく島津は降伏した。五畿内、北陸五国、南海、中国、尾州《びしゅう》などから集められた兵数は二十数万。陸奥《むつ》では想像もつかない兵力だった。

「次は関東で、小田原《おだわら》の北条《ほうじょう》征伐でございます。豊臣につく大名からは、伊達も臣従の意を尽くすようにと、上洛《じょうらく》を促されております」

片倉は思いつめたように遠くを見つめた。

「小田原城は、天下の堅城と聞きます。そう簡単に落とせますか」

義姫の問いに、片倉は見開いた目を真っ直ぐに向けながら、一度、二度と首を縦に振った。関白の勢力は尋常ではありませぬ、と言った。

「関白秀吉は、政宗が芦名を討ったことを咎《とが》めておるとのこと。曲がりなりにも、奥州探題職の伊達家が戦を行うのに、関白の裁可が必要なのですか」

義姫は疑問を口にした。

「世の人は戦乱に疲れ切っております。諸大名や国衆《くにしゅう》はすべて関白に支配され、一つの大きな国が生まれるのかもしれませぬ。そうなれば、奥州探題といえども、関白の命《めい》には逆らえませぬ」

「伊達家が関白と戦うと決めたらどうなりますか」

「おそらく、戦況の不利を感じる兵どもの脱走が相次ぎ、疑心暗鬼の中で流言が飛び交い、裏切り者とされた者の誅殺《ちゅうさつ》が続くことになりまする」

凄惨な阿鼻地獄《あびじごく》が待っているということだ。義姫は言葉を失った。

その後の報告では、北条の劣勢ばかりが伝えられた。

攻める豊臣軍は、約二十二万の兵力で小田原城の大外郭《だいがいかく》を包囲し、海上からも数百艘の船が湾を封鎖した。蟻の這い出る隙間もないという。そのさなか、秀吉は伊達政宗にも臣従するよう、執拗《しつよう》に小田原参陣を求めてきた。

ただ事ではない。芦名を滅ぼしたことで、伊達家は惣無事違反を犯したと咎められている。豊臣方の有力武将たちからは、小田原参陣を催促する書状が届けられ、会津の領土は関白に渡すことが肝要だと書かれていた。会津領を渡したとして、それでも政宗が許されるかどうか、わからないという。

そうした中で、小田原参陣を巡って家中は二つに割れた。

主戦派と臣従派の対立――。

義姫の願いはあくまで伊達家の存続にあった。小田原攻めに集まった二十万を超える豊臣側の兵力の多さを聞いた時、関白に臣従するのが生き延びる道だと思った。

小田原城が簡単には落ちないと決め付けるわけにはいかない。臣従が遅れれば、取り返しのつかない事態もありうる。小田原落城までに政宗の参陣が間に合わなければ、関白は伊達家を許さないだろう。それまでに政宗が関白秀吉のもとへ伺候《しこう》すべきであろう。

だが、関白秀吉が成り上がりの身だという理由で、伊達家がその風下につくのを恥辱だと考え、一戦交えようという勢力も存在する。

一世一代の勝負でせっかく会津を手中にしたというのに、惣無事違反の罪を受け入れ、むざむざ会津領を奪われるのを潔《いさぎよ》しとしない家中の声もある。そうした主戦派は、北条と組んで関白の勢力と戦うべきだと声を上げた。

義姫は片倉を呼び出して、詳しい情勢を把握しようとした。

「どちらの意見にまとまりそうか」

「殿がお決めになることでございます」

「政宗を止められるのは、そなただけですよ」

片倉は前を見据えたまま、険しい顔で相槌《あいづち》を打った。

家中は、政宗が決断するのを見守った。義姫も今度ばかりは口をつぐんだ。まだ二十四歳とはいえ、大器の片鱗《へんりん》を見せる政宗に口出しは無用と考えたからだ。

重臣たちとの評議を幾度か重ねたあと、政宗は家中に宣言した。

「四月六日に小田原参陣のために出立する」

政宗は関白秀吉への帰服を決めたのだった。

決断の背後には片倉小十郎の進言があった。二十四歳の政宗に対して、関白秀吉が五十四歳で、いつ逝《い》ってもおかしくない事実を指摘し、一旦は関白に降《くだ》るべき旨を言上《ごんじょう》したという。

義姫は、ほっと胸をなでおろした。

伊達家は惣無事に違反したものの、まだ豊臣政権に直接刃向かう態度を見せていない。武器弾薬を蓄えて小田原城に籠城《ろうじょう》した北条とは違う。秀吉が伊達家を免罪する余地は十分にある。

政宗の雄弁さは、義姫はじめ家中のだれもが認めるところだ。うまく立ち回れば、北条に勝利した祝儀として、寛大な処分がなされるかもしれない。

伊達家の命運は、血気にはやる政宗が、自尊心を抑えて頭を下げ続けられるか否かにかかっている。それが義姫の見立てだった。

政宗の参陣を励ます宴を、自分の手で催してやりたい。

参陣に向かう将卒たちが出立の準備に勤しむなか、義姫は、政宗をもてなす宴を計画した。万が一の場合には、小田原に向かう政宗とは今生《こんじょう》の別れになる。そんな思いもあった。

「出立の祝い膳をお東の方様が振る舞われれば、殿もお喜びになるにちがいありませぬ」

侍女のお初は里の者とも懇意になり、食材の手配は万全だという。義姫が手ずから考えた御膳なら、政宗も満足してくれるのではないか。淡い期待を抱きつつ打診すると、政宗から承諾の返事が届いた。

急遽《きゅうきょ》、政宗を饗応《きょうおう》する宴が催されることになった。場所は、義姫の居館《やかた》である。


当日は、朝から献立の仕込みに慌ただしかった。

「打ち鮑《あわび》の用意は整っていますね」

「縁起ものの打ち鮑、勝ち栗、昆布はすべて揃えております」

ご膳所《ぜんしょ》で食膳にかかわる者たちは、侍女も交えて腕を振るったらしい。政宗を接待する手はずは万端だった。

会津黒川城の西に位置する義姫の居館は、城からそれほど遠くない。政宗は片倉小十郎景綱と屋代景頼《やしろかげより》を連れてやってきた。二人は、政宗の側近だ。政宗と一緒に饗応するつもりだった。

「母上。お招きいただき、かたじけのう存じます」

政宗は足さばきがよいように仕立てた馬乗り袴に、鳥の絵柄の黒羽織で現れた。くつろいだ様子で、機嫌よく屋敷に上がった。

政宗を通したのは、奥の畳敷きの一間である。部屋からは庭の草木もよく見える。床の間には、花生けに深見草《ふかみぐさ》一輪だけを活けさせて床に置いた。上座の畳に政宗が座した。

「母上、こたびは北条攻めの関白様に、助勢つかまつることに相なりました。小田原に参陣いたしまする」

あくまで秀吉と対等の立場で合力する体裁を、政宗は取り繕《つくろ》った。

義姫は、政宗の表情を注意深く窺《うかが》った。取り繕うというより、自分から対等だと信じようとしている。いや、信じたいのだ。

「武運長久をお祈りいたします」

参陣した先にいかなる沙汰が待つのかわからずに、政宗の内部では自信と不安がせめぎ合っている。胸の内にある葛藤《かっとう》を追い払えるだけの励ましの言葉を、思いつかなかった。

侍女たちが、政宗の前に膳を運んできた。陪膳《ばいぜん》役が、三方《さんぽう》に載せた食膳を政宗の前に置く。

政宗は打ち鮑をつまんで口に入れ、片倉小十郎が盃《さかずき》に三度の仕草で注いだ酒を、三度に分けて飲み干した。その後、勝ち栗にも箸をつけた。

食べる仕草は子供の頃と少しも変わっていない。口に入れる食べ物だけを凝視し、周囲に目を向けない。

左目だけでも不便はないらしい。政宗は幼い頃、疱瘡《ほうそう》を患《わずら》った。命はとりとめたものの、余毒が右目に回り、失明して眼球がはみ出すようになった。

政宗の頼みに応え、右目の眼球を切り取ったのが、十歳年上の片倉小十郎である。

隻眼《せきがん》で食事をする姿を見ていると、込み上げる感情があった。

幼い嫡男が重い病気を患った時、義姫は自責の念に押し潰されそうになった。もっと気を配っていればよかったと、後悔と未練が自分を苛《さいな》んだ。政宗のふとした仕草で、その時の記憶が義姫の脳裏に浮かび上がった。

義姫は滲《にじ》む目で政宗をじっと見つめた。

家の隆盛を嫡男に委ねるしかない、わが身がもどかしい。小田原まで付き従うことはできないが、自分にやれることなら、何でもしてやりたい。

何か、政宗を奮《ふる》い立たせる言葉をかけたくなった。

「留守になる城のことは何の心配もいりませぬ。政宗殿のいない間も、家中の者一丸となって……」

そこで言葉が途切れた。政宗が、箸を握った拳を畳に突いたからだ。

何かを確かめるように胸に手を当てると、政宗はやがて苦痛に顔を歪めた。

異変は明らかだった。

「どうなされた」

義姫は立ち膝になって政宗に近寄ろうとする。政宗はそれを手で制して、口の中のものを畳に吐き出した。

献立に不備があったのか。とっさに頭に浮かんだのは食あたりだった。食材には新鮮な物ばかりを集め、腐った材料などあるはずがないのだが。

何という失態――。門出を祝うつもりが、政宗の具合が悪くなってしまった。

しかし、食あたりにしては、政宗の症状はおかしい。なぜ、のどをかきむしるほど苦しんでいるのだ。

政宗は手をのどに当て、のたうち回っている。口は開き、涎《よだれ》とも白い泡とも取れる液状のものを垂らしている。顔を歪めて息を切らす。

これは、食あたりとは違う。食べた直後にのどをかきむしり、死にかけるほど苦しめるものは……。

毒だ。

だれかが料理に毒を混ぜたのだ。

「だれぞ、薬師《くすし》を早く」

「無用にございます」

片倉小十郎が断固として断った。ひとたび主《あるじ》に危険が迫った時、身を投げ出して戦うのが側近の務め。片倉は取り乱していなかった。

膳に置かれた茶には目もくれず、持参した竹筒の水を政宗に飲ませると、飲み込んだ食べ物を水と一緒に吐き出させた。同時に辺りを警戒し、屋代景頼と二人で政宗の両脇を支えると、座敷を出て門に急いだ。

政宗は苦痛のせいか、足元がおぼつかない。

義姫は心配しながら、すぐあとに従った。

だが片倉小十郎は、時折、義姫にさえ鋭い視線を送ってくる。すぐに、その意味に気づいた。

片倉は、母親の自分をも疑っているのだ。だから、警戒をしている。片倉の射るような目を見て、そうとわかった。

疑われている……。義姫はとっさに、「違います」とだけ言葉を発した。出た声は、思いの外かすれていた。

それからすぐに近習《きんじゅう》や従者たちが屋敷内になだれ込み、政宗を抱えるようにして門の外へと連れて行った。

一行が立ち去るのを放心して見送ったが、ただ呆然《ぼうぜん》としているわけにはいかなかった。義姫にはやるべきことがあった。

「賊の手で毒が盛られました」

義姫は屋敷の者を集めて言った。侍女や郎党、賄《まかな》い役の小者たちが、不安そうな表情で黙ってうつむいた。

「近頃、何事も起きなかったので油断しました。この屋敷で作った膳に毒が盛られた以上、一人ひとりを吟味しなくてはなりませぬ」

自分の居館で毒を盛られたのは油断があったからだが、義姫にはそれだけで片付けることは到底できなかった。義姫の胸には、今回の出来事につながる、ある「気がかり」があるのだ。

政宗が命を狙われたのは、今回が初めてではない。田村郡を伊達領にする以前、正室・愛姫の実家の田村家では、愛姫の母親が相馬の家の出ということもあって、相馬派と伊達派の対立が起きた。その対立のさなか、政宗暗殺計画が発覚した。

事件そのものは未遂に終わったが、田村家からの内通者の関与があったと判明し、伊達家に出仕する田村家の侍女たちが誅殺された。その中には愛姫の乳母《うば》も含まれていた。

その結果、一時は愛姫までも、政宗から遠ざけられた。そうするように促したのは義姫である。事件からわずかの間に、今度は義姫が疑われることになった。

義姫は、心に浮かび上がってくる因果応報という言葉をことさらに打ち消した。

調べた結果、怪しい者が見つかった。賄《まかな》い役の小者の中に、新参の男がいたことを突き止めた。

「会津に詳しい土地の者という触れ込みだったので、食材の手配も容易だろうと雇いましたが」

男はとうに姿を消しているという。

「間の抜けた顔をしたうつけ者でしたので、警戒を怠りました」

間者《かんじゃ》というのは、そうやって人を欺《あざむ》くのが仕事だ。風体《ふうてい》といい、動きといい、まさかと思われる者ほど間者に向いている。

「滅ぼした芦名の残党かもしれませぬ」

義姫はそれ以上、言わなかった。あるいは、政宗の恭順論《きょうじゅんろん》に反対する一派の仕《し》業《わざ》の可能性もある。

さらには――。自分が主催した祝いの宴の席で政宗に毒が盛られたのだ。当然、義姫に疑いをかける者はいるだろう。

部屋に戻って床の間に目をやると、活けられたばかりの深見草が、二枚の白い花弁を散らしていた。

六

よほど運が強いのか、あるいは命の綱が太いのか。

幸い、政宗は一命をとりとめた。

毒を盛られはしたが、すぐに吐き出したのが功を奏した。数日間、横になって静養したら回復したと、家中に広まった。

だが案の定《じょう》、毒を盛ったのは義姫だという噂が流れている。饗応の席を催したのは、義姫だからだ。

人は言う。中山峠では、伊達と最上の間に入って戦を止めた女豪傑。惣無事に違反した政宗を亡き者にして弟の小次郎を当主に置くことで、関白の赦免《しゃめん》を引き出そうと画策した。

そんな風評を聞いた者たちも、鬼母の義姫ならやりかねないと思っているふしがある。

義姫は、悶々とした数日を過ごした。政宗はそうした虚言を信じるのではないか。家中の噂は根も葉もない誹謗《ひぼう》にすぎないと、自分の口から直接伝えたかった。だから、政宗から会見の申し出があった時、義姫は素直に会うつもりだった。

「お東の方様、なりませぬ。行けば、無事では済まないと存じます」

必死の形相《ぎょうそう》で、侍女のお初が着物の端をつかむ。なりふり構わぬその態度に、お初がこの会見を、どれほど深刻に考えているかが表れている。

「政宗が私を手にかけると申すか」

お初の顔が強張《こわば》った。目を大きく見開いたまま、それ以上何も言わない。

黙り込んだことで、かえって悪い予感が義姫の心にも広がった。じつの母親から毒を盛られたと、政宗はそう思ったかもしれない。何しろ、義姫が招いた席で供された料理に毒が入っていたのだ。一番に疑われるのは、義姫ということになる。

「大丈夫。必ず疑いは晴れます」

そうは言ったものの、どうやって疑いを解くか。その方法には思い至らなかった。

真の下手人《げしゅにん》らしき者の見当はついている。男はとうに姿を消していたが、その男のことを政宗に話すつもりでいた。しかし、政宗は自分の言葉を信用するだろうか。どう説明すれば疑いが晴れるかを考えているうちに、義姫は気づいてしまった。今の自分には、母親であること以外に、無実を後押しする言葉がない。

呆然とする義姫の部屋に、別の侍女が駆け込んだのはその時だった。

顔が蒼白だったので、すぐに身構えた。が、話を聞いた途端、義姫は座り込んで言葉を失った。傍らのお初も目を見開いていた。

「いま一度、申しておくれ」

座り込んだまま、そう言うのがやっとだった。

「小次郎様が討たれたとのことでございます」

小次郎が討たれた——。

だれに……。一瞬、そう思ったが、答えは明らかだ。

義姫が毒を盛ったと、政宗は信じた。だが、母親を手にかけることはできない。代わりに、母親の愛する弟・小次郎を手討ちにした。政宗は、毒を盛ったのは義姫だと決め付け、自分が死んだら当主になるはずの小次郎を殺したのだ。

「政宗ですね」

そう尋ねると、侍女は大きくうなずいた。

義姫は絶句した。政宗の荒い気性は承知している。しかし、義姫に弁解させる前に小次郎を手にかけるとは。

「城に行きます」

行って、自分の知るかぎりの真相を伝える。そのあと、政宗がどういう行いに出るか、自分がどうすべきなのかはわからなかった。だが、小次郎の死の様子を、手にかけた本人の口から聞きたかった。そのためにも、政宗との会見を避けるわけにはいかない。

義姫は立ち上がり、お初だけを連れて会津黒川城へ向かった。政宗と顔を合わせて、潔白を主張する。そうしなければ、小次郎が浮かばれない。その一心だった。

城に到着すると、本殿の薄暗い廊下をゆっくりと歩いた。その先に指定された一室がある。

部屋の手前で、付き添いのお初には目配せをして戻るように促した。心配そうな顔を見せながらも、お初は廊下を戻って行った。

息を整え、襖《ふすま》を開ける。

書院造の部屋の床の間を背に、政宗はひとりで座していた。

毒を盛られたにしては、いたって元気そうだ。表情は暗いが、顔色はいい。

「こちらへ」

言いながら、手の動きで自分の前に座るように促した。その表情からは何も読み取れない。

居住まいを正す前に、義姫の口から言葉が勝手に溢れ出た。

「毒を盛ったのが母だと疑っておいでなのでしょう」

声は裏返っていた。だが、抑えていた激情が口をついて出た。

「天地神明に誓って、毒を盛ったのは母ではありませぬ。息子である、会津を自領にした功労者のそなたを、母の私が殺すはずがないではありませぬか。それでも疑うというのなら……」

その先を政宗が手で制した。

「母上、すでに疑ってはおりませせぬぞ」

えっ……。

意味がわからない。では、どうして。義姫は問い返す。

「されど、小次郎を手討ちにしたと聞きました。母を疑ったから、代わりに小次郎を手にかけたのでしょう」

落ち着いた様子の政宗の隻眼が一瞬、遠くを見つめた気がした。

「当初は、母上への疑念もありました。その疑いはすでに晴れました」

疑いは晴れた――。

「どういうことですか」

「母上の口癖でござる。お気づきでしたか」

口元に微かな笑みを見せながら、政宗が指摘した。

「幼い頃より何度も聞かされました。恥辱よりは死を選べと」

それは最上で教えられた戒《いまし》めだ。戒めは、自然と息子たちに聞かせる口癖にもなっていた。

恥辱よりは死を選べ。

「それがしは、こう考えたのです。母上が毒を盛って殺す企みを巡らしたのなら」

政宗毒殺を仕損じ、さらに小次郎を失った今、義姫がおめおめと恥をさらして生きているはずはない。義姫の荒い気性からも、それは断言できる。

「母上が画策したのなら死を選んだはず。ここにこうして現れたことが、母上の潔白を物語っています」

言って、政宗は気さくに笑いかけた。政宗はどんな証拠よりも、母・義姫が現れたことで潔白を信じたというのか。

「それだけで本当に疑いは晴れたのですか」

政宗が真顔になった。謝罪こそなかったが、義姫を疑ったことを詫びる顔である。

「毛ほども疑っておりませぬ」

思わず、安堵の息が漏れた。だが、安堵したからか、新たな怒りが生まれた。

気づくと、まくしたてていた。

「では、小次郎を斬る必要などなかったではありませぬか。真相もわからぬうちに何ゆえ、小次郎を手にかけたのですか」

小次郎はまだ十三。小次郎が政宗の暗殺を企てるはずはない。

ああ、と言って政宗は笑った。

「申し訳ありませぬが、芝居を打ちました。小次郎を斬ってはおりませぬ」

「芝居……」

「それがしの身にもなってくだされ。母上に呼ばれた座敷で毒を盛られたのです。母上を疑うのは自然の成り行きでござる。それを確かめるために、偽りの風説を流しました。母上が毒殺を画策したなら、その失敗が原因で小次郎を死なせた場合、自ら死を選ぶはずだという存念からです」

「では、小次郎は今はどこに。会わせてください」

「とある寺に送ったところです。まだ旅の途中でしょう」

それを聞いて、義姫の着物の胸の辺りに涙の粒が落ちた。これは嬉し涙だ。感情に蓋をしたせいで今まで涙は出なかったが、ほっとした弾みにこぼれ落ちた。

人前で泣くのは久しぶりだった。

政宗の顔にも驚きの表情が浮かぶ。

長い息を吐いたのち、政宗はおもむろに口を開いた。

「小次郎がこの状況で伊達家にいると、よからぬ輩に利用されかねません」

政宗は、小次郎を擁立しようとする勢力が、毒殺未遂事件の背後にいるとみた。対立の原因は、小田原参陣を促す関白秀吉への対応であろう。小次郎を神輿《みこし》に担ごうとする勢力は混乱の中で、実権を握ろうと企てます」

「それがしが城を離れれば、家中は再び揉めます。小次郎を神輿に担ごうとする勢力は混乱の中で、実権を握ろうと企てます」

小次郎が残ればその危惧《きぐ》がある。そこで、小次郎を手討ちにしたと家中に触れ回った。そうしておけば、政宗が留守の間に謀反《むほん》は起きない。それが政宗の狙いだった。

「芝居だったのなら、小次郎は戻って来るのですか」

義姫がすがりつくように尋ねた。

「死んだことにしたほうが、都合がよいのです」

しばらくの間、政宗は沈黙していた。

義姫は察知した。家中をまとめるには、小次郎は死んだままにしておいたほうが、都合がよい。それが一つ目の意味だ。それに加えて――。

「こたびの小田原参陣は命懸けになるのですね」

義姫が問うた声は、微かに震えていた。

政宗は返事をしない。関白は、芦名を滅ぼした伊達を許すとは限らない。政宗自身の命の保障もない。伊達家は取り潰され、一族は死罪になる恐れさえある。

「万が一に備えて、伊達の血を引く小次郎だけは逃がすおつもりか」

小次郎を逃がしておけば、関白が極刑を言い渡してきた時でも血は残る。そうした意味をも義姫は感じ取った。

政宗は重苦しそうに口を開いた。

「万が一の時は、恥辱よりは死を……」

「生きなされ。今、死を選んではなりませぬ。頭を地に擦《こす》り付けてでも恭順して、許しを請うのです。政宗」

武家の本分《ほんぶん》を棚上げにして、思わず叫んでいた。たとえ伊達家を潰そうとも、生きて帰って来るだけでよい。

都に住む関白に、奥羽の何がわかる。奥羽の諸侯は、互いに娘を差し出して同盟を結び、時には争って血を流しながらもこの地を治めてきた。あまたの犠牲を払いながら存続してきた家の苦労を、よそ者にどうこう指図される謂《いわ》れはない。

「死んではなりませぬ」

義姫は政宗に視線を向けた。顔を伏せたままの姿があった。おそらくは考えている。

義姫自身も考えることがあった。

五代にわたって関東を治めた北条の小田原城は、二十数万という空前の大軍に包囲されている。その大軍の中に乗り込み、関白秀吉の怒りを鎮《しず》め、伊達家の存続を確保できる男は一人しかいない。わずか五年程で南奥羽の全域を支配下に治めることのできた、政宗だけだ。

その政宗は、弟殺しの汚名を背負って小田原に向かう。そんな息子に、自分がしてやれることは何か。そもそも、弟を殺した理由を問われた時、どう釈明するつもりなのか。

相手は、飛ぶ鳥を落とす勢いの関白秀吉だ。ちぐはぐな方便は通用しない。秀吉よ――。もし政宗を殺すなら、悪鬼がお前を食らう。

呪いにも似た怒りが秀吉に向かった。

「政宗殿。そなた一人を弟殺しにはしておきませぬ。この母に毒を盛られたと触れ回るのです」

政宗はその意味がわからないようだった。

「母上が毒を盛った話と小田原参陣と、つながりがあるのでございますか」

義姫は声を潜めた。

「弟・小次郎を斬ったと偽るのでしょう。家中の争いから斬ったと言うより――」

母親から毒を盛られたから代わりに弟を斬ったと言えば、より信憑《しんぴょう》性が高くなる。

「じつの母から毒を盛られた男。それでも黄泉《よみ》の国から舞い戻った男。そうした評判がそなたの助けになるでしょう」

家中の者は、政宗を偶像視する。たとえ城を離れても、政宗が生きているかぎり、家中はひとつにまとまる。それに――。

「母親から毒殺されかけたと関白に伝われば、少なくとも遅参《ちさん》の言い訳ぐらいにはなりましょう」

政宗に戸惑いの表情が浮かんだ。

「それでは、母上が鬼子母呼ばわりされてしまいますぞ」

自分の子を養うために、人間の子を殺して与えていた鬼子母。人間界のだれもが、恐れる怪物。だから鬼子母は人間から嫌われ、憎まれた。

「なればこそ、死ななかったそなたを剛の者とみなし、賞賛する者も現れましょう。そうした評判を好む関白は、そなたを簡単には殺せなくなると思いまする」

政宗が沈思《ちんし》している。家中をまとめるにも、そうした伝承が役に立つことにやがて気づくだろう。

「母上はそれでよろしいのですか」

政宗が最後に問うた。

「かまいませぬ。不幸な出来事から生還した当主のもと、伊達家は強い絆で結ばれるはずです」

たとえ鬼子母と呼ばれようとも、伊達家が安泰なら、義姫にとっては望むところだった。

「母上。かたじけのう存じます」

政宗が深々と頭を下げた。

かつての義姫は、近隣と争ってばかりいる政宗に疑心を抱いていた。母親の自分が政宗を信じないなら、国衆が二心《にしん》を抱いてもおかしくはない。まずは自分自身がわが子を信じる心を取り戻すのだ。

心底そう思った。

鬼子母神の話には続きがある。

鬼子母が人間の子に容赦しないのを見かねた釈迦《しゃか》は、彼女が最も可愛《かわい》がっていた末子を奪って隠してしまった。鬼子母は悲痛な叫びを上げながら探し続けたという。その後、釈迦から戒められて悔い改め、三宝《さんぼう》に帰依《きえ》して仏弟子となり、ついに安産・子育ての善神となった。

鬼子母神とは比べようもないが、この母も捨てたものではない。家中が一丸となるなら、今は真実を隠すべきだ。そして、嫌われる。だが、政宗さえわかってくれるならば、どんなそしりにも耐えられよう。

その姿が、政宗の心強いよすがになる。関白のもとに参陣しても、必ず許されて帰って来るはずだ。

そんな気がした。

義姫の視界がぼやけていた。嬉し泣きは、目頭に熱いものを伴ってまだ続いていた。

＊　＊　＊

伊達家の正史「貞山公治家記録《ていざんこうちけきろく》」によると、小田原参陣を控えた伊達政宗は、母・義姫に毒を盛られ、母を殺す代わりに、母の愛する弟・小次郎を殺害したとされる。

一方、東京都あきる野市の大悲願寺《だいひがんじ》には、伊達政宗が十三代目住職海誉《かいよ》上人《しょうにん》に宛てた書簡「白萩文書《しらはぎもんじょ》」が残る。その内容から、政宗が大悲願寺を訪れたのは明らかだが、大悲願寺の過去帳には、「治家記録」とは異なる記述がある。

まず、十五代目住職「秀雄《しゅうゆう》」が没した寛永《かんえい》十九年（一六四二）七月二十六日の条に、「秀雄」は「輝宗之二男、陸奥守政宗ノ舎弟也」とある。

また、それより前の伊達政宗が没した寛永十三年（一六三六）五月二十四日（当時の住職は秀雄）の条には、政宗は「左京太夫《さきょうのだいぶ》輝宗之嫡子《ちゃくし》、沙門《しゃもん》秀雄兄」とある。

大悲願寺の過去帳は、十五代目住職の「秀雄」を伊達政宗の弟だとしつつ、彼が政宗没後まで生存したことを今に伝えている。

濡れ衣

妻・愛姫《めごひめ》

濡れ縁に胡坐《あぐら》を組んで座る政宗の背中を見た時、本気で譲るつもりなのだと思った。先刻述べた言葉は本心なのだ、と。

その背中に似た父の後ろ姿を見たのは、いったい何年前のことだろう。背中の曲がり具合が亡き父・田村清顕《きよあき》に似ている。庭を目の前にしていながら、そのじつ、どこか遠くを見ている風情《ふぜい》は瓜二つだ。

父は狭い領国を守るのに必死だった。小名《しょうみょう》ながら陸奥《むつ》国田村郡の領主として、近隣の大名たちと渡り合っていた。そのさなかに、一人娘の自分を政宗の正室として嫁がせた。独立を守るために、北の強国、伊達家の加勢を得ようとしたからだ。

当時、自分は十二歳だった。父の後ろ姿を見たのはその数日前だから、あれからもう十六年になる。

「兵五郎《ひょうごろう》。このたび、そちが伊達家の跡目を継ぐ運びとなった」

先刻、政宗が息子にそう伝えた。目は兵五郎を慈《いつく》しむように見つめ、その声は流暢《りゅうちょう》に響いた。父としての威厳を感じさせる、落ち着いた態度であった。

「向後《こうご》は、藤五郎《とうごろう》や小十郎《こじゅうろう》がおまえを補佐する。言いつけを守り、伊達家当主として恥ずかしくない振る舞いを心掛けよ」

傍《かたわ》らでは、伊達藤五郎成実《しげざね》と片倉《かたくら》小十郎景綱《かげつな》が、神妙な面持ちで控えていた。

広間は静かだった。集まった家臣たちは物音ひとつ立てない。

政宗は、兵五郎を伊達家の新たな棟梁《とうりょう》と認め、後見人に一門筆頭の石川昭光《あきみつ》の名を挙げた。

三十前の政宗にとって、家督の移譲が嬉しいはずはない。だが、伊達家にとっては新当主の誕生でもあり吉事となるから、努めて和《なご》やかな表情を繕《つくろ》っていた。

兵五郎が、「はい」と嬉しそうに答える。

まだ五つの新当主に、どこまで事態を理解する力が備わっているだろうか。側室が産んだ兵五郎をこれまで洛中で育ててきた自分には、その聡明さはわかっている。しかし、家督の継承が何を意味するのか、幼い兵五郎はいまだ知る由《よし》もない。

その証拠に、兵五郎は残酷な問いを無邪気に発した。

「父上は、どこへ行かれるのですか」

その答えを、政宗も自分も知らない。遠流《おんる》と言えば都から遠い地に流すことを意味するが、みちのくの政宗を配流《はいる》する刑地は思いつかなかった。おそらく遠くの島か、険しい山奥の寺になるのだろう。

問われた政宗は、顔色ひとつ変えなかった。

「しばらく遠くに行く」

毅然《きぜん》とした言い方はそれ以上の問いを封じるためのもので、案の定《じょう》、強い口調に押された兵五郎が下を向いた。

眼帯をつけない政宗ににらまれた相手は、その閉じた右目から発する妖しげな気に射すくめられるような心持ちになる。失われた目から発せられる威圧感を何度か経験した身には、兵五郎が途端に萎縮《いしゅく》したのが手に取るようにわかった。

「これからは兵五郎が豊臣家に忠義を尽くし、家臣の模範となって伊達家繁栄の礎《いしずえ》を築くのだ」

「承知つかまつりました」

兵五郎はかろうじて顔を上げた。


今、その背中を見ていると、先ほど政宗が取った毅然とした振る舞いは、精一杯の強がりではなかったのかと思えてくる。

男の静かな背中に滲《にじ》むのは寂寥《せきりょう》ではないのか。その姿を見て動揺した。そんな夫をこれまで見た記憶がない。

若い頃は、一歳年上の夫の苛烈な性格をどこか恐れていた。隣国の些細《ささい》な動きにも目くじらを立てる気性《きしょう》に、辟易《へきえき》もした。降伏しようとする敵を容赦なく殺す残酷さに、嫌悪感さえ抱《いだ》いた。

しかし、三十を目前にした今、奥州《おうしゅう》から上洛してきた夫とともに時を過ごし、その背中を見ていると、心の底に何かほっとする感情さえ湧き起こる。

思えば、政宗は決して諦めない男だった。自分の中の激情を抑えることができず、その情念に絶えず突き動かされていた。自身の中の衝動に身悶《みもだ》えし、苦しめば苦しむほど結果を出してきた。

時に四倍もの敵を退却させ、時に名門の芦名《あしな》さえ滅ぼす。死地からの生還は一度や二度ではなかった。

その夫が、太閤《たいこう》秀吉の前になす術《すべ》もなくうつむいている。今回は打つ手がない。下された沙汰《さた》を受け入れ、理不尽な処置に甘んじようとしている。

太閤の命《めい》による三条河原の殺戮の話を聞かされても、わずかな望みを夫に託していた。

今度も必ず切り抜けられる。兵五郎に当主の心得を訓示しても、命令を受け入れるふりをした仮面の下で、打つべき策を練っている。そう思っていた。

だが、思い違いだったようだ。政宗はおそらく、家督を譲っても構わないと本心から思っている。讒言《ざんげん》のせいで島流しにされ、武門の恥辱《ちじょく》を受けたとしても、家の存続が認められればそれでよしとしているのだろう。結局、若さを失うのと引き換えに、政宗も年相応の分別を身に付けたのだ。

その決断を責めはしない。そんな政宗の一方で、自分は故郷を離れ、人質となった洛中で何をしてきたというのだろうか。

長年、子ができない暮らしの中で、ようやく娘の五郎八《いろは》を授かった境遇に満足していなかったか。正室として、側室の産んだ兵五郎を育てる役割に甘んじていなかったか。嫡男《ちゃくなん》を産むことを諦めてはいなかったか……。夫を責める資格は自分にはない。

政宗との間の男子の一人を、田村の領主に迎えよ——。男子のいなかった父・田村清顕は、そう遺言を残して亡くなった。その父の願いさえ、今では虚しく響く夢物語にすぎない。

政宗が家督を譲り隠居の身となれば、それどころではない。諸大名に囲まれた田村家の苦闘の日々を考えると、ご先祖に対して合わせる顔もなく、忸怩《じくじ》たる思いが込み上げてくる。

夫にかける言葉が、まだ見つからない。そのはずだ。目の前にいる男は、自分の知らない政宗なのだから。

政宗の背中と父の背中が、依然として重なっている。

過ぎて行った十六年の月日は、二人を大人にした。分別を身に付ける代わりに、人は諦めも重ねていくものなのかもしれない。

愛姫《めごひめ》の脳裏に、関白秀次《ひでつぐ》の自害を発端とする、ここ一か月の出来事がまざまざと蘇った。

一

事件を聞いたのは、京に蒸し暑さの続く七月だった。

「関白様が、高野山青巌寺《こうやさんせいがんじ》にてご自害なされました」

血相を変えた侍女が走り寄って知らせてきた。

愛姫は、来るべき時が来たかと唇を噛んだ。

関白にはいずれ切腹の沙汰が下されよう。家臣たちのささやくような声は、関白が高野山に追放された時から聞こえはじめていた。

関白豊臣秀次は、天下人となった太閤秀吉の甥にあたる。三好吉房《みよしよしふさ》に嫁いだ秀吉の姉の長男だ。

秀吉の嫡男・鶴松《つるまつ》が没し世継ぎがいなくなってから、秀吉の養嗣子《ようしし》となり、四年前の天正十九年（一五九一）に関白の職を継いだ。

これにより、内政は京都聚楽第《じゅらくてい》の秀次が形式上担当することになったが、秀次の権力は、太閤秀吉によって大幅に制限されるものだった。

「やはり関白様ご謀反《むほん》の噂は、本当だったのでございましょうか」

侍女が上目遣いに心配そうな表情を見せる。

関白秀次が高野山に追放されたのは、太閤秀吉が秀次に謀反の嫌疑をかけたからだ。秀次は親しい諸侯を呼び、謀反の密談をしたり、太閤亡きあとの自分への忠誠を誓約させる行いを重ねたという。

もっとも、伊達家の家臣の多くは、そうした嫌疑は石田三成《みつなり》ら集権派の、関白秀次排除のための讒言によるものだと憤《いきどお》っていた。

京の都が奥州と違うのは、禁裏《きんり》の存在や神社仏閣の多さもあるが、何よりそこに住む人の気質に特徴がある。

朴訥《ぼくとつ》で口数の少ない奥羽《おうう》の民と比べて、都人たちはあらゆる噂に通じている。だれもが内緒話をしたがるし、秘密は皆で分かち合うのが当たり前だった。

どの武将とどの武将が懇意だという話や、どの家とどの家が姻戚関係を結んだという話はむろんのこと、誰それが謀反を企みそうだという話はとくに都人の関心の的となり、根も葉もない噂がいつの間にやら周知の話となっていた。

その中には時に政宗に関する虚言も含まれていた。

「謀反……。滅多なことを口にしてはなりませぬ」

侍女は神妙にうなずいてみせたが、それでも言葉を継いだ。

「奥方様は、やはりご存じないのでございますか。都大路では有名な話なのですが、太閤様と関白様は近頃、一触即発の仲だった由にございます。奥方様は屋敷をお出になられないから、もしやご存じないのかと危惧《きぐ》しておりました」

どうやら、伊達屋敷内ではかなり前から知れ渡っていた話のようだ。もちろん愛姫も話は聞いていた。喜多《きた》が詳しく教えてくれる。

愛姫には、喜多がそうした情勢を知らなければ、当主の正室など務まらない。

喜多というのは、片倉小十郎景綱の異父姉で、昔は政宗の保姆《ほぼ》（養育係）だった。

政宗や小十郎が今のような武人になれたのは、文武に通じる喜多の一途な訓育によるところが大きい。一時は愛姫付きになったこともあり、今は上洛して伊達屋敷の奥向きを取り仕切っている。

だが喜多に聞くまでもなく、秀次の謀反は信じがたい。関白職にあるとはいえ、実権は秀吉にあり、両者の武力の差は火を見るより明らかだ。軍勢を持たない秀次が、面と向かって秀吉に刃向かうなどばかげている。女の自分にも、それぐらいのことはわかる。

「関白様だけではありませぬ。聚楽第にいた奥方様や子女の方々まで、近々成敗なさるとか」

「成敗って、まさか命までは……」

侍女が泣きそうな顔で首を横に振るのが見えた。

関白秀次の側室には、最上義光《もがみよしあき》の娘で政宗の従妹《いとこ》、まだ十五の駒姫《こまひめ》がいる。秀次は奥州征伐で陸奥に下向《げこう》した折、東国一の美少女と名高い駒姫の噂を聞き及び、義光に迫って側室にと差し出させていた。

「聚楽第にいた方々は、前田玄以《げんい》様の居城亀山城に送られたそうでございます」

そう聞かされると、底の知れぬ不安な感情が湧き出て、息苦しくなった。

皺《しわ》に覆われた秀吉の顔が脳裏に浮かぶ。五年前、秀吉が愛姫に告げた言葉を思い出す。あれは、奥州仕置《しおき》のために、秀吉が会津《あいづ》黒川城まで下向してきた時のことだった。

上洛して、大国の夫人としての教養を積むがよかろう。

天下人と聞かされていた秀吉は、気の優しい好々爺《こうこうや》に見えた。

情け深さを装っていたが何のことはない、人質として伊達政宗の正室を手元に置きたかったのだ。政宗が反逆すれば、見せしめに始末される運命だった。

政宗も愛姫も、秀吉の要請に従うしか道はなかった。程なく聚楽第や伏見桃山《ふしみももやま》に屋敷が造られた。その時に上洛して以来、京都での暮らしを続けている。奥州へは一度も戻っていない。

関白の妻妾《さいしょう》、侍女までが命の危険にさらされていると知り、改めて自分の立場の危うさに気づかされた。

人質――。自分の思いどおりには動けない境遇。不自由なく暮らしているようでも、気ままに行きたいところにも行けない。もしどこにでも行けるなら、もう一度三春《みはる》の城を見てみたい。

そう思うと、ため息が出そうになる。所詮、女は愛玩物《あいがんぶつ》にすぎないのか。名物の茶道具と同じなのか。

目の前の侍女の目にも怯《おび》えの色が浮かんでいる。その不安を取り除いてやりたくて、なんとか声をかけた。

「われらまで怖がる理由はどこにもありませぬ。わが殿は今頃、岩出山《いわでやま》の城におります。都から遠く離れていたのは幸いでした。殿を貶《おとし》めようとする者がいたとしても、京にいないのだから、殿が勘気《かんき》を被る恐れはありません」

「そうでございましょうか」

「心配はいりませぬ」

思わず目を伏せると、紫紺《しこん》の打掛《うちかけ》の肩に掛かる自分の黒髪が、視界に入った。侍女の瞳には、豊かな黒髪の下で不安の色を浮かべる愛姫の顔が映っているのだろう。

不安は人にも伝わるものだ。愛姫は、微笑《ほほえ》んでみせた。

殿なら心配ない。その言葉を自分自身に向かって何度も言い聞かせた。

その日の夕刻、愛姫は部屋に喜多を呼び寄せた。喜多ならいつものように落ち着いて鷹揚《おうよう》な構えを見せ、愛姫の心配を鎮《しず》めてくれるだろう。そんな期待を抱いていた。

「こたびの太閤殿下のなされようは、私の想像を超えるものにございまする。血のつながりのある関白殿下に、切腹までお命じなさるとは痛恨の極み。もはや、以前の太閤殿下と同じ人とは思えませぬ」

喜多に普段の落ち着きはなかった。その声は鬼気迫るもので、事態が抜き差しならないものだということを意味していた。かつて太閤殿下にも謁見《えっけん》し、その推挙により少納言《しょうなごん》を授けられた喜多の顔が、苦渋に強張《こわば》っていた。

「太閤殿下は、お拾《ひろい》様を次の天下人とお決めになられ、後顧《こうこ》の憂《うれ》いなきよう、邪魔者を根絶やしにするおつもりかもしれませぬ」

「根絶やし……。そんなことをすれば、人心は豊家《ほうけ》から離れてしまうではありませぬか」

「人心の離反はもちろん、豊家の衰退が始まります。されど、そのことにお気づきになられるかどうか。唐入《からい》りといい、昨今の太閤殿下は、いささか常軌《じょうき》を逸しているように思えまするる」

天下人まで登りつめ栄華を極める太閤秀吉にも、瑕瑾《かきん》はあった。なかなか子供が誕生せず、係累《けいるい》も少なかった。そこで、甥の秀次を豊臣家の嗣子《しし》に迎え、関白職を譲った。

次の天下人は、関白秀次。だれもがそう思ったが、一昨年の文禄《ぶんろく》二年（一五九三）、側室の淀殿《よどどの》が待望の男子を産む。秀吉は、生まれた子をお拾と名づけ、溺愛《できあい》した。

思えば、男子誕生が秀次自害の前兆だったのだ。お拾を天下人にするには、関白秀次の存在が目障《めざわ》りになる。

都人の口から、秀吉と秀次の不和が語られ出したのもその頃だ。

秀吉にとって、血を分けたわが子に天下人の座を継がせることこそ、他の何事にも代えがたい願望だということだ。日《ひ》の本《もと》の頂点に立ち、武力も財力もほしいままにし、権勢を誇る男が最後に望むのは、自分の地位をわが子に継がせることだった。秀吉の行動がそのことを示している。

それを愚かと笑えるだろうか。

愛姫は自問していた。側室の産んだ兵五郎が、伊達家の家督を継ぐことは認めている。兵五郎に注ぐ母としての慈愛に偽りはない。じつの子のつもりで育てている。だがこの先、自分に男の子が生まれた時、その子に伊達家の棟梁の座を望まないだろうか。

丈夫な男の子を産め。次期当主にふさわしい器量をもつ男に育てよ――。愛姫に期待されたのは、自分の産んだ子を領主に育てる役割に尽きた。

にもかかわらず、子宝に恵まれずに鬱々《うつうつ》と過ごした日々。そうした境遇を不憫《ふびん》に思う家中の者から向けられる目。政宗が新たに選んだ側室との意地の張り合い。愛姫のこれまでの歩みは決して平坦ではなかった。

毎日黙々と奥向きの仕事をこなし、兵五郎の養育に励み、時に侍女たちの愚痴《ぐち》の聞き役にもなり、知らず知らずに、嫡男を産めないまま三十を目前にしていた。

人質として上洛し屋敷内に閉じこもるようになった時、正室として奥向きの日々の仕事から解放されたこととは別に、肩の重みが幾分軽くなった気がしたのを覚えている。錯覚かとも思ったが、そうではなかった。

充実感はたしかにあった。政宗や伊達家家臣たちの心配をよそに、人質という別の役割を果たすことに充足を感じていたのだ。

皮肉にも、人質として呼び出されたことが、愛姫の新しい存在意義となった。それほどに男の子を産む義務は、愛姫にとって重かったといえる。

気が付けば、屋敷の周りはもう暗闇が覆いはじめている。自身の中にも闇があるのを、愛姫は認めざるを得なかった。心のどこかにたしかにある。お腹を痛めたじつのわが子に家督を継がせたいという願いと焦りが。

とすれば、自分も太閤と変わらないのだろうか。その願いが取るに足らないことだというならば、この十六年の日々の苦悩は何だったのか。

目の前にいるはずの喜多の声が、遠くに聞こえた。

「関白殿下と昵懇《じっこん》の仲だった殿が、いきなり京の屋敷に入るのは危険かもしれませぬ」

政宗は、関白秀次自刃《じじん》の報に接して、すぐに岩出山を出立したと聞く。秀次と親密だった大名や縁戚関係にある大名は、謀反関与の疑いをかけられていた。根回しや謀議を行って、関白の謀反に加担したというのである。

「殿は京にいなかったのですから、謀反に加担できるはずがないではありませぬか」

「関白殿下の謀反の疑いと申しましても、もともと、言いがかりのための口実でございます。伊達家としては、太閤殿下に恭順《きょうじゅん》の意を示すことこそ肝要《かんよう》かと。ただし、うかつに兵とともに伏見城に近づけば、妙な言いがかりを付けられるかもしれませぬ」

奥州征伐の結果、奥州諸侯には総じて厳しい処分が下されていた。立場の弱い者が次期権力者の機嫌を取るのは、自然の成り行きとなる。伊達政宗も最上義光も、秀次と誼《よしみ》を通じていた。そこを反秀次派は問題視した。

政宗一行は京に向かっていた。喜多は一行に向けて文《ふみ》を送り、途中のどこかで情勢を見極めるのが適当である旨を伝えるつもりだという。

「世間には、伊達家が関白の企みに連座して、殿にも切腹が申し付けられるだろう、と吹聴《ふいちょう》する者もおります」

それを聞いて、思わず視線をそらした。太閤殿下は、お拾を可愛《かわい》がるあまり、疑心暗鬼に陥っている。疑心が高じれば、無実の者まで罪を被るだろう。

この窮地を脱せるかどうかはひとえに政宗の機転にかかっているが、それは容易《たやす》いことではないようだ。ただ愛姫には、今回も乗り越えるのではないかという、ほのかな期待があった。なぜなら、愛姫の知る政宗は決して諦めない男だったからだ。


半月が過ぎ、薄雲ほどの陰りにすぎなかった不安が、暗雲となって屋敷内の隅々まではびこった八月二日——。

愛姫のもとに恐ろしい知らせが届く。

秀次の正室・一の台をはじめとする妻妾、侍女、子女たち三十人余りが、三条河原でそれぞれ命を絶たれたというのだ。

彼女たちは七輌《りょう》の牛車《ぎっしゃ》に分乗し、一条より京の町々を見せしめに引き回された後に、三条河原まで送られた。そこに割り竹を組んで結った虎落《もがり》に囲まれた一角があり、中に置かれた三方《さんぽう》の上に、関白秀次の首が載せられていた。検使役の石田三成、増田《ました》長盛《ながもり》、長束正家《なつかまさいえ》、前田玄以の検《み》る前で、彼女たちの首がはねられたという。

愛姫の想像を絶するほど、妻子らへの制裁は残酷なものだった。敵方の子孫を残さぬために、子女をも手にかけることがあるとは聞き及んでいる。だが、三十余人もの女子供を見せしめのように皆殺しにした太閤秀吉の処し方は、前代未聞のことだった。

ほとんど無意識に、両手を胸の前で合わせていた。血の色に染まった鴨川は、もう普段の水の色に戻っただろうか。いつの間にか、手は汗で湿っていた。

昨今の太閤殿下は、いささか常軌を逸しているように思えまする――。

喜多の見立てが現実のものになろうとしていた。

二

関白秀次の自刃が世間に与えた衝撃は大きかった。

それに続く妻妾、侍女、子女たちの三条河原での惨殺が、動揺に拍車をかけた。謀反加担の疑いは、秀次の重臣や縁戚関係にある大名、さらには秀次に借金していた大名にまで及んだ。

切羽詰まる思いでいた愛姫は、たまらず腰を浮かせた。部屋に閉じこもっていると息苦しさを覚える。夫・政宗が、たびたび秀次の鷹狩りに同行していたのを知っていたからだ。政宗が岩出山城への帰国の際に、秀次から餞別《せんべつ》を受けたとも聞いた。

太閤秀吉は、政宗を関白の一味とみて切腹を下命するだろう。そんな憶測が、京の界隈《かいわい》でも噂されている。

このままでは、政宗が京に入った途端、切腹させられかねない。愛姫が案ずる中、聚楽第の伊達屋敷に早馬が知らせを届けてきた。

「殿は、こちらには入らず、大坂の施薬院全宗《やくいんぜんそう》殿の屋敷に入られました」

愛姫はほっと胸をなでおろした。

施薬院全宗は漢方医学を極めた侍医だが、秀吉の側近でもあり交渉事を任されている。政宗とは文のやり取りを通じて交流があるので、味方になってくれたのだろう。

ひと安心したが、それ以降の愛姫は、めっきり蚊帳《かや》の外に置かれるようになった。

大坂から届く政宗の指示に、屋敷の者たちは従っている。夫が逆心の疑いをかけられても、女の愛姫には対処のしようがない。秀次の妻妾の刑死を思い出さないように、じっと耐えて待つしかなかった。

そのまま幾日かが過ぎ、跡継ぎ候補の兵五郎の世話を終えて部屋に戻った愛姫は、目の前の光景に立ちすくんだ。後ろからついてきた侍女も目を白黒させていた。

部屋にいたのは、娘の五郎八だけではなかった。

政宗が五郎八を抱きながら座っていた。

「五郎八は可愛いのう。ほら、父だぞ」

赤子の顔をのぞき込みながら頬を緩めて言った。

世間の騒動にもけろりとしたものだった。生まれてやっと一年経ったばかりの五郎八を、政宗が笑顔であやしている。まだ分別のつかない赤子はむろん父親の顔を判別できないが、泣かずに政宗を見つめていた。

背後に控える子守り女が、困り顔で愛姫に目配せしてきた。

「殿、お戻りになったのなら、お声をおかけくださいませ」

思わず大きな声が出た。

「おお、息災《そくさい》のようだな。いろいろ心配をかけた」

愛姫は襖《ふすま》を閉めて、五郎八を抱く政宗の前に座った。

「殿、もう大事ないのでございますか」

愛姫が恐る恐る尋ねると、政宗がにんまり笑いながら言った。

「その話はあとだ」

半年ぶりだが、数日前に会ったばかりのような態度だ。いつもと変わりはない。政宗の話す里の様子のあれこれに笑ったり、相槌《あいづち》を打ったり、瞬《また》く間に楽しいひとときが流れた。

「殿もご無事のご様子。長旅でお疲れでしょう。ゆるりとおくつろぎくださいませ。夕餉《ゆうげ》の献立も殿の好物に変えるように言ってこなければ……。さっそく支度を命じておきまする」

小走りに主屋から渡り廊下にさし掛かったところで、「奥方様」と呼び止められた。

声の主《ぬし》が喜多だとわかり、姿を見つけて近寄る。

「殿が帰ってきましたぞ。小十郎も一緒とのことです。もう会いましたか」

「そのことにございます。殿よりじきじきに話を伺いました。太閤殿下からの沙汰については、私の口から奥方様にお伝えしたほうがよろしいかと」

嫌な予感がした。何も言わない政宗を見て、てっきり許されたものとばかり思い込んでいたが。

厳しい顔の喜多に、別室へと促《うなが》された。

喜多は時折かすれ声になりながらも、自制して平静を保っていた。

「気を強くおもちくださいますよう。殿は流罪と決まりました。太閤殿下の指名により、兵五郎殿を家督に立てよ、とのご沙汰が下りました」

「えっ……」

喜多が詳しく教えてくれた。

政宗には、四人の上使《じょうし》が遣《つか》わされて尋問に当たった。やはり政宗は、秀次から過分の餞別を受けていた。

上使の一人は、餞別を受けたこと自体が咎《とが》められるのではなく、その事実をあらかじめ報告しなかったのが運の尽きだと述べたという。

愛姫に割り切れぬ思いが広がる。政宗の弁明を虚心に聞こうとする者の言葉ではない。最初から政宗に、謀反加担の罪をかぶせようとしているとしか思えなかった。

「殿はどこに流されるのですか」

「それはまだわかりませぬ。決まるまでの間、殿には、伊達屋敷に逼塞《ひっそく》せよ、との命が下りました」

「兵五郎はまだ五つです」

愛姫はかろうじて口にした。

喜多がうなずいた。

「じつは、太閤殿下の下命はこれだけではないのでございます。国許《くにもと》の家臣を上洛させて兵五郎殿に奉公させ、殿には従わぬよう誓詞《せいし》を出させよ、とも仰せになられました」

「そこまで……」

話を聞いているうちに、頭の中が真っ白になった。端座《たんざ》していると後ろにひっくり返りそうな気がして、前の畳に手をついて息を整えた。

愛姫を気遣う喜多は気丈だった。

「お気をたしかにおもちください。大丈夫でございますか」

「なぜ伊達家だけに、このようなご沙汰を……」

「こたびは伊達家ばかりではありませぬ。細川家にも謀反加担の疑いがかけられております。細川家のご正室・玉《たま》様とは親しくさせていただいておりますので、お話も伺っております」

細川忠興《ただおき》は、娘を秀次の重臣・前野景定《かげさだ》に嫁がせていた。前野景定は、今回の事件で秀次を弁護したことにより、謀反連座で捕らえられている。そのため、舅《しゅうと》の細川忠興にも疑いがかけられていた。調べた結果、忠興は、秀次に多額の借金をしていたという。

「では、玉殿も私と同じような立場なのですね。細川殿をどのようにお支えしているのでしょう」

「玉様はキリシタンにございます。男と女の仲は、その二人にしか決められない、とお話しになったことがあります。芯のしっかりしたお方ですから、お二人で行く末をお決めになられるのでしょう」

細川忠興の正室・玉には、ガラシャという洗礼名まであった。宣教師の講話を聞いていたせいか、進取の気性の持ち主だという。

男と女の仲は、その二人にしか決められない。

そう聞いて、首を振った。愛姫は、政宗とのあり方を自分で決めたことなどない。二人のあり方は大抵の場合、家同士か、過去のしきたりにより決められてきた。大きな権力、たとえば太閤の力によって、人質に決められたこともある。そうでない場合は、政宗が決め、愛姫は政宗に追従してきた。

二人はこれからどうなるのか。不安を感じて居ても立ってもいられなかった。首筋が不自然な力みをはらんで強張っていた。

三

伊達屋敷に謹慎の身となった政宗は、つい先ほど広間に家臣を集めて宣言した。

「このたび、太閤殿下の上意を謹《つつし》んで承った。皆にも伝えておく」

兵五郎や喜多、そして愛姫も固唾《かたず》を飲んで見守る中、政宗の声が響いた。

「わが身は流罪と相なった。子息・兵五郎を家督に立て伊達家を継がせるべし、との沙汰が下った」

すでに詳細を聞いているのだろう。家臣は皆驚いた様子もなく、うな垂れたまま沈黙した。

静寂の中、政宗は淡々と続けた。

「八幡神《はちまんしん》に誓って潔白とはいえ、逆心の疑念を抱かれたのは、不徳のいたすところだ。太閤殿下の仰せに従い、潔《いさぎよ》く進退を委ねようと思う。さすれば、御家は安泰とのこと。今後はつつがなく兵五郎に奉公するよう、よしなに頼む」

家臣一同が頭を下げた。

「兵五郎、近《ちこ》う寄れ」

兵五郎が政宗の前に座った。

「兵五郎。このたび、そちが伊達家の跡目を継ぐ運びとなった」

政宗は、兵五郎に当主としての心構えを説いた。

父としての威厳を感じさせる落ち着いた声だったといえる。だが、まだ五つの兵五郎が、その真の意味を理解できるはずもない。

「父上は、どこへ行かれるのですか」

兵五郎の無邪気な質問に、政宗は、しばらく遠くに行く、と答えたきりだった。

一同が散会して引き上げると、政宗は一人になり、広間の前の濡れ縁に胡坐を組んで座った。

十六年の間、愛姫はこんな政宗を見たことがない。目の前にいるのは、自分の知らない政宗だった。

しばらくの間、夫の背中を見続けたが、かける言葉はいまだに見つからなかった。

政宗にはこれまで何度か重大な危機が訪れた。

小田原征伐の秀吉の陣場への遅参《ちさん》の時も、大崎・葛西一揆の煽動《せんどう》を疑われた時も、政宗から愛姫に詳しい事情は知らされていない。それゆえ、愛姫が面と向かって気遣いを伝えたり、政宗を励ますこともなかった。

愛姫は黙して待つ女だった――。

長い年月は愛姫をそういう女に成長させたが、その原因は夫の苛烈な気性によるところが大きい。嫁いだ後に、政宗の暗殺騒動が巻き起こった際には、愛姫付きの乳母《うば》と侍女が内通を疑われ、死罪にされたことさえあったのである。

政宗は女相手に戦《いくさ》談義をする男ではないから、受け身の役目に徹する以外になかったともいえる。敵をののしる怒声を聞くことはあるが、愚痴だと思って聞き流していれば、それでよかった。

しかし今の愛姫は、黙り込む政宗に何かを話しかけるのが正しいような気がした。いくばくかの寂寥をたたえる背中に声をかけてやりたいと思う。それなのに、いざ自分から話しかけようとすると、舌がうまく動かない。

愛姫の記憶にある政宗の平素の姿が、面と向かって口にしようとする言葉の障《さわ》りとなっているのだ。

これまでの政宗は、自分が天下人であるかのように泰然と事に当たってきた。どんな土壇場にあっても、漲《みなぎ》った生気のせいか、怖れとは無縁に見えた。

奥羽の中で、政宗ほど自信に満ちた男はいないだろう。何かに対して諦めるということを、まるで知らぬげだ。

女から見たその頼もしい姿の残像が、今は自分から言葉をかける妨げになっている。

愛姫は肩で息を吐いた。切なげとも苦しげともつかない吐息の音の大きさに、自身が驚いた。

自分にもっと強さがあれば……。愛姫は首をすくめた。

思っても、しかたのないことだ。これまで夫の危機に際して、自分から声などかけたことがないのだから。

こんな時、他の夫婦《めおと》は、どうしているのだろう。

細川忠興とその妻の玉が脳裏に浮かんだ。細川忠興も、政宗と同じように秀吉から謀反加担の疑いをかけられている。

玉は夫にどんな言葉をかけているのだろう。キリシタン嫌いだった夫の忠興から改宗を求められても、玉は自分を曲げなかったと聞いた。その強さが自分にもあれば。

唇を噛んで黙したままの愛姫の心に、突如として怒りが湧いてきた。自分の弱さに対する怒りなのはわかっていたが、それを認めるのは嫌だった。

そうだ。一番悪いのは太閤様だ。

怒りの矛先を太閤秀吉に向けた。

そもそもすべての元凶は太閤にある。すべて太閤が悪い。自分の甥を関白にしたのも、その関白に謀反の疑いをかけたのも、関白を自害に追いやったのも、関白の妻子を処刑したのも、政宗に沙汰を下したのも……。全部、あの男だ。

ひとしきり胸の中で悪態をつくと、愛姫はすうっと気が晴れた。

玉が言ったという言葉を思い出した。

男と女の仲は、その二人にしか決められない――。

愛姫が考えたこともない言葉だった。男女のあり方は殿方しだいだと思っていたが、そう決めたのはだれなのだろう。二人の婚姻は夫の政宗が決めたものでさえなく、伊達家と田村家の思惑から出た話だった。

夫婦の仲を二人で決めるというあり方があってもいいのかもしれない。もっと互いに話をして、二人で決めた行く末なら、たとえ結果がどうであろうと納得はできる。そんな風に、柔らかく考えてもいいのかもしれない。

「殿、あの……」

「いかがした」

政宗が振り返った。

今なら言える。

「殿は、代替わりを認めて、それでよろしいのでございますか」

「よろしいわけではないいな」

「殿も、太閤殿下のご沙汰にご不満なのでございましょう」

「切腹だと思っていたから、胸をなでおろしているが」

政宗が目を伏せた。正室に対してさえ、太閤批判を口にするのを自重している。

愛姫は焦《じ》れた。

「なにゆえでございまするか。殿は、謀反に加担したのでございますか」

「謀反に加担などしておらぬ。奥州征伐で自領を削られた。時の関白に近づいて誼を通じようとするのは、国持ちなら当たり前ではないか。それを謀反に加担したなどと……。言いがかりもよいところだ」

「ならば、なぜ胸をなでおろしたりするのでございますか。太閤殿下の言い分がおかしいのなら、堂々と間違いを指摘してやればよいではありませぬか」

「上使には弁明している。その弁明があったからこそ、切腹を免《まぬか》れておるのだ」

「疑いは晴れておりませぬ。濡れ衣を着せられたまま、殿が平気でおられるとは思いませせなんだ」

政宗が沈黙した。夫が一度黙ってしまえば、二人の間は見知らぬ他人同士とさして変わりがない。夫婦であっても、どうしても一線を越えさせない何かが、政宗の胸の中に沈殿している。

だが、今日の愛姫に引く気はなかった。絶対に引かない、と思いながら見つめ返した。

その気配を察した政宗が向き直った。

「何が言いたい……」

「濡れ衣を着せられたまま島流しにされるぐらいなら、謀反を起こしなさいませ」

愛姫の言葉としては、よほど不似合いだったのだろう。きょとんとした政宗がそのままの姿勢で固まった。

唖然《あぜん》としている。

政宗がゆっくりと長い息を吸った。左目は愛姫をとらえながら、真意かどうかを探っている。

「伊達家は木《こ》っ端《ぱ》微塵《みじん》に消されるぞ。今の太閤殿下に逆らえるはずがない」

秀次の自害を聞いた諸大名は、直後に率先してお拾への忠誠を誓う血判《けつぱん》起請文《きしようもん》を提出している。それほどに太閤を恐れている。

伊達家が謀反を起こせば、加担を疑われるのを恐れた諸侯が、死に物狂いで襲い掛かってくるだろう。そうなれば、万に一つも伊達家は助からない。政宗は淡々と、そう説明した。だが、愛姫は引かなかった。

「それでも最後まで諦めずにあがきましょうぞ。その結果、塵《ちり》と消えても、それでよいではありませぬか」

「わかっているのか。そなたも死ぬのだぞ」

政宗が死という言葉を口にすると、愛姫は激情に身を委ねて言い放った。

「命を捧げまする。武門の恥をさらして何もせずに諦めるぐらいなら、一緒に滅びましょう」

政宗がまた押し黙った。長い時をかけて考えている。

話にならないという様子だった政宗の表情に、しだいに真剣味が戻ってきた。

枯れたと思われた千年桜にも新芽が吹き出すように、一人の男に熱のようなものが戻ってくるさまを、愛姫は見た。

当惑した表情の政宗がつぶやいた。

「愛《めご》……。どうしてそんなに強うなったのだ」

愛姫は微笑みを返した。

「伊達家の龍に嫁いで十六年になりますれば」

政宗の目が笑った。

「まだ、やれることがあるかもしれぬな」

「では、ご謀反を」

待て待てと言わんばかりに、政宗が片手で制す。

「何事にも手順というものがある。やり方はまかせておけ。謀反は最後の最後だ」

政宗が思案顔をして遠くを見つめた。

「さきほど、最後まであがくことを勧めたであろう。愛のおかげで、ある男の話を思い出した」

「ある男……でございますか」

「そうだ。濡れ衣を着せられたのは、太閤殿下の軍師役・黒田如水《じょすい》。昔、亡き信長公が、敵の城に捕らえられた如水殿に裏切りの疑いをかけ、嫡男の殺害を命じた時、怯《ひる》まずにあがいた男がいた」

愛姫には何のことか、わからなかった。だれからも恐れられた信長の意に反しても、黒田如水の潔白を信じてあがいた男だと教えられた。

「その男の話を思い出して、今少しあがいてみようという気になった」

「どなたでございますか」

「名は、竹中半兵衛《はんべえ》。太閤殿下もよく知っていた男だ」

四

「殿は歳を重ねてから、お拾という幼子を授かられたせいで、我を忘れてしまわれ、ご分別違いにお気づきなされぬのだわ。どれほどお頼みいたしても、聞き入れてくださらぬだで。ほんでも、伊達殿からの頼まれ事ゆえ、文の件だけは殿のお耳に入れ、半兵衛殿を思い出すよう申し上げるでや」

関白秀次とその妻女たちの死が、よほど堪《こた》えていたのだろう。秀吉の正室・北政所《きたのまんどころ》は数か月会わない間に、十歳ほども老けたように見えた。先刻、謁見《えっけん》を許された際には、途方に暮れた様子で秀吉についての愚痴を語ったあと、愛姫の頼みを聞き入れると約束してくれた。

愛姫と喜多は、北政所をご機嫌伺いに訪れ、政宗の言うとおりに頼み事をして帰ってきたばかりだ。

北政所に会いに行って頼んでほしい、と政宗は言った。

竹中半兵衛が黒田如水のためにしたこと、その結果、太閤殿下が喜んだ話を、殿下に思い出させたい。それには、竹中半兵衛の嫡男・重門《しげかど》殿に近況伺いの文を政宗が出したと、太閤殿下の耳に入れてほしい。文を書いたと耳に入れるだけでいい。まずはそこからだという。

政宗の言いつけを振り返りながら、愛姫は喜多に話を振った。

「竹中半兵衛殿のご子息に書簡を書いたと、北政所様から太閤殿下にお伝えしてもらえ――。殿の頼みはこうでしたね。どういう意味があるのか、喜多はわかっているのでしょう」

喜多が、昔を思い出す顔で答える。

「亡くなった竹中半兵衛殿は、若かりし頃の太閤殿下の軍師でございます。竹中半兵衛殿と黒田如水殿、そして太閤殿下の三人には、過ぎ去りし日の慈愛に満ちた話があるのです。太閤殿下にその件を思い出してもらいたかったのでございましょう」

十七年前、秀吉が毛利攻めの総大将になると、竹中半兵衛と黒田官兵衛（のちの如水）は秀吉に従って遠征をする。その際、摂津有岡《ありおか》城の荒木村重《むらしげ》が織田信長に謀反を起こすと、黒田官兵衛が有岡城へ赴き帰服を呼びかけるが、城内の土牢《つちろう》に幽閉され、外部との連絡を断たれたことがあった。

信長は、黒田官兵衛が荒木村重に加担したと思い込み、怒りにまかせて官兵衛の嫡男・松寿丸《しょうじゅまる》（のちの長政）の殺害を秀吉に命じた。官兵衛の潔白を信じていた竹中半兵衛は、嫡男を命令どおりに殺害したと偽り、自領に引き取って匿《かくま》った。

一年後に黒田官兵衛が救出され、半兵衛の見込みどおり、官兵衛の潔白が判明したという。

喜多は、愛姫にもわかるように説明してくれた。

「濡れ衣を着せたまま、無実の黒田殿の嫡男を殺害していたら、取り返しのつかないことになっておりました。だれもが竹中半兵衛殿の勇気に敬服したのでございます。太閤殿下も、半兵衛殿の行いに涙したと聞いております」

「疑いは、結局、誤りだったのですね」

「疑われた者の潔白を命懸けで信じた半兵衛殿の信義。太閤殿下に思い出していただきたかったのは、半兵衛殿の義の心なのでございましょう」

命令違反に厳しい信長公でさえ、その時は、竹中半兵衛が自分の命令に背いて嫡男を殺さなかったことに感謝したという。

「その話を太閤殿下が思い出されたら、効き目があると殿は考えられたのですね」

「おそらく殿は……。いえ、差し出がましい御託《ごたく》は控えまする」

喜多はそれ以上、何も言わなかった。

この頃、伊達屋敷には、国許の家臣たちが続々と上洛してきた。岩出山の城内がそのまま京の聚楽第に移ったかのように、懐かしい顔で溢れるようになった。

殿が関白謀反に加担した嫌疑で遠流される――。その知らせを聞いて、居ても立ってもいられなくなった家臣や従者が駆け付けたのである。彼らの部屋割りや食事の手配などで、愛姫の仕事が一挙に増えた。

「奥方様、お気をたしかに……」

付き従ってきた国許の侍女たちは、愛姫を見つけると今にも泣きそうな顔で近寄って来る。伊達家の一大事に、どの顔も引きつっている。

愛姫は、親しかった侍女が到着するたびに再会のあいさつを繰り返し、その都度、伊達政宗に下された沙汰を説明し続けた。

「謀反への加担など、憶測に基づいた言いがかりなのです。それなのに、関白殿下と交誼《こうぎ》があったのが落ち度だと、非難を受けています」

「この件では、山形におられるお東《ひがし》の方《かた》様から元・侍女で国許の岩出山城にいるお初《はつ》宛に、子細を問いただす文も届いております。御屋形様を気遣っておられる由にございました」

「お母上様が……」

政宗の母・義姫《よしひめ》は、前年の冬、岩出山城から実家の山形に戻ったと、愛姫は聞いている。

「あの……お東の方様は御屋形様に毒を盛ったのでは……」

ある侍女が小声で疑問を口にした。毒を盛ったと噂される母親が今さら息子を気遣うことに、合点がいかないのだろう。

「親子の関係は傍《はた》からはわからないことも多いのです。唐入りの際、殿はお母上様に朝鮮木綿の織物を贈ったと聞いております。以前、何があったにせよ、わが子の一大事とあって、心配しておられるのでしょう。私とて不安な気持ちは同じです」

久しぶりに会う知己の者たちとは、気心が知れている。愛姫の愚痴めいた説明を聞きながら、侍女たちは何度もうなずいている。時に涙を落とし、窮状《きゆうじよう》を嘆いてくれた。身内の女たちで言葉を交わしている間だけは、心配事から解放される気がした。

屋敷のいくつかの部屋では、伊達家の男たちが車座になって話し合いをしていた。その光景を見かけたのは二度や三度ではない。だれもが、政宗遠流の沙汰に戸惑い、伊達家の前途を案じていた。

屋敷の周りでは、聚楽第に陽光が射し、屋根の金箔瓦《きんぱくがわら》が照り返しで眩《まばゆ》い光を放っている。華やぐような明るさの中で、だが伊達政宗の境遇に光明は見えなかった。

あれほど騒々しいと感じた京の町並みも、このところ目立った動きがないように見える。

聚楽第の外郭の内外には大名の屋敷がいくつも建ち並んでおり、どの家も平穏無事に暮らしているというのに、伊達家だけが暗く沈んでいる。その理不尽さに、愛姫の胸は張り裂けそうになった。

数日後、政宗付きの近習《きんじゆう》が指図を伝えてきた。

「当分の間、屋敷の者たちに無用の出入りをやめさせるように、とのお言葉でございます」

「殿の直々のご下知《げじ》でございます。表門も裏門も開いたままにして、外から屋敷内を見通せるようにせよ、と」

「いかなる理由で」

「都人たちの間に妙な噂が出回っておりまする。中には焼き討ちを恐れて——」

愛姫の気づかぬところで、過剰ともいえる騒動が起きていた。伊達屋敷周辺の町人たちが、狼狽して騒ぎ立てているのだという。

京の人々は、政宗がおとなしく謹慎するとは信じていなかった。伊達家の家臣たちがこののち、京を焼き払い、斬り死にするつもりだと恐れている。中には家財道具を持って逃げ出す者も現れ、見送る者たちもまた進退に迷って困惑していた。

近習は、屋敷周辺の騒動の様子を語った。

「よって、騒動を収めるためにも、外から屋敷内が見渡せるよう両門を開けよ、との仰せでございます。また家中においても用事なき場合の出入りを極力減らす旨、周知させせよ、と」

「殿が……」

早速、門番たちによって屋敷の門が開かれた。

扉を開け放った屋敷から通りを見ながら、愛姫は声を震わせた。まるで罪人ではないか。

それから二日程の間、愛姫たちは息を潜めるように、悶々とした日々を過ごした。屋敷にいる者たちは、波風を立てるような振る舞いは控えた。静かな暮らしが外からも見えるよう、屋敷の門は、夜になっても開け放たれた。

これで周辺の緊張は鎮まるだろう。屋敷内の者は皆そう思っていた。

だが、さらに新たな事件が重なる。

「もう一度、言え。その立て札はまだあるのか」

「徳川家中がすでに運び去っております」

「伏見の徳川屋敷の門前に立っていたのだな」

「いかにも」

一難去っても難局はまだ続いた。徳川屋敷の前に不審な立て札が立ったという。

その内容に驚愕《きょうがく》した。

いわく、伊達政宗は、伯父の最上義光と申し合わせ、太閤殿下への謀反を企てている――。

立て札によれば、東国を伊達政宗が領し、西国を最上義光が領する目論みがあるのだという。

聞いた者たちは、荒唐無稽《こうとうむけい》な内容に二の句が継げない。あまりにも現実離れしすぎている。だれもがそう思う。

聚楽第や伏見城の周りには、諸国の大名たちが太閤秀吉に恭順を示すために集まっている。彼らの軍勢を敵に回して勝つ軍事力が、伊達家と最上家にあろうはずがない。

だがこれでまた、太閤の疑いが深まってしまうのだろうか。

伏見城下では、諸国の軍兵が参集し、一方で、地響きを立てながら巨材を運び入れて普請《ふしん》に当たっている。徳川屋敷の前に立て札が立てられたなら、目にした者は多いだろう。人の口に戸は立てられない。

愛姫は、慌てて喜多を探した。屋敷内を見て回り、次に外に出て庭をさまよい、やっとその姿を見つけた。

喜多は、人々の輪から一人はずれて、何かを考えていた。愛姫は駆け寄って、喜多の手を引いて裏手の物陰に身を寄せた。

「もはや進退窮《きわ》まりました。殿がやっと打開策を講じる気になってくれたというのに、これではどうにもなりませぬ」

喜多は答えずに、じっと見つめてきた。その思案顔を見て、愛姫の不安は余計に高まった。

その動揺が、甲高《かんだか》い声になって表れる。

「そのような嘘の立て札をだれが書いたのでしょう。これで殿には打つ手が無くなったも同然です」

愛姫は、まだどこかで政宗に赦免《しゃめん》が下されると信じていた。信じることしか術がなかったのだ。それなのに、政宗に嫌疑をかける立て札が立てられたなら、政宗の流罪は覆《くつがえ》りようがない。

だが、喜多の口からは、思いもよらない言葉が発せられた。

「殿がご赦免になったら、いかがします」

五

政宗の謀反を告発する立て札が立ってから数日後、京の空は、陽が傾きかけていた。

夕日を見て、小袖を畳んでいた手を止める。愛姫の身の回りの荷の整理は進んでいる。政宗の配流先が決まれば、その地まで供をするつもりだった。作業を一通り終え、愛姫は少し休むため部屋を出た。

屋敷の表玄関近くで、重臣の伊達成実《しげざね》が小躍《こおど》りしているのが目に留まった。数人の家臣が彼を囲んで笑顔を見せている。

皆の振る舞いに違和感を覚えた。何か進展があったのかもしれない。そう考えて、喜多の部屋を覗くと、弟の小十郎から知らせを聞いているさなかだった。

「太閤殿下のお考えが変わった由にございまする。流罪の沙汰は取り消されました」

えっ……。

興奮を隠せない様子で、喜多がきっぱり言った。

太閤秀吉が政宗を赦免したというのだ。

あまりの予想外の出来事に思考が追いつかない。嬉しいにはちがいないが、どうして赦免されたのか、理由がわからなかった。

「それは確かなことなのですか」

昨今は、流言が飛び交っている。今度も、偽情報の疑いはある。

部屋に座していた小十郎が、続きを引き取った。

「太閤殿下に近い石田殿から直接、赦免状が届けられております」

「太閤殿下は、いかなる判断を下されたのですか」

「殿が関白様と誼を通じたのは、関白様を太閤殿下と同じように大事に思って奉公しただけで、怪しむべきではない、と仰せです」

秀吉は、政宗の行動について、関白秀次の謀反に関与したとの疑いを解いた。

謀反の疑いが生じた背景を、小十郎が説明してくれた。

「唐入りのために渡海《とかい》した諸大名は皆、軍費を使い果たしました。亡き関白殿下はそれを知り、多額の金子《きんす》を用立てなされましたが、石田治部《じぶ》（三成）は関白殿下が勢力拡大を図っていると讒言しました」

そのため多くの大名が謀反関与を疑われた。関白と懇意だった政宗も、そのあおりを食うことになった。

愛姫は、広げられた太閤殿下の赦免状を手に取ると、急いで目を通した。

政宗は二度三度と助けられたのだから、太閤とお拾に忠義を尽くして奉公せよ、と書いてある。また、家来の面々にも太閤の恩義を教え、妻子を呼び寄せて在京させ、家臣千人で伏見を警固せよ、と求めていた。

伏見には後継者のお拾がいる。太閤の命令の背後には、政宗とその家臣千人にお拾を警護させ、反対派を抑えようという思惑がある。

結局、秀吉の関心はわが子への天下人の継承にあり、お拾に忠誠が誓われるならば政宗を許してもよいということなのだろう。

筋書きどおりに権力の移譲を実現しようと、跋扈《ばっこ》したのが石田三成だった。

「石田殿の思惑どおり、諸大名は京に集められ、太閤殿下おひとりの権勢のもとでご政道が行われます。そうなれば、その権勢はお拾様にそっくり移譲されることになりましょう」

大名たちの間では、秀吉に讒言した石田三成への批判が高まっているという。喜多と二人になったところで、愛姫も鬱憤《うつぷん》を晴らすように思ったことを口にした。

「殿を讒言する立て札の件。あれも石田殿の仕業《しわざ》のような気がしませぬか」

愛姫に確たる根拠があったわけではない。石田三成への反感から、口を滑らせたにすぎない。

唐入りのため海を渡って戦った大名は多大な労苦を強いられたのに、石田三成ら奉行たちは最前線に出ることもないため犠牲も払わず、ご政道を動かすことができる。その石田たちを悪罵《あくば》することで、不満のはけ口にしようとしたのだ。

だが、愛姫の誘いに、喜多は乗ってこなかった。

「石田殿ではございませんよ」

間髪を入れずに、喜多が応じた。

喜多が両目をはるか遠くに向けた。愛姫には見えない光を、喜多は見つめている。そんな気がして、その横顔を見つめた。

喜多はそれ以上、言わなかった。その沈黙がかえって残響のように、愛姫の心に引っかかった。

その夜――。流罪を赦免された政宗は、機嫌がよかった。五郎八を寝かせ付けようとしても、政宗が腕の中に抱いて離さない。

「まだ、寝なくてもよいではないか」

京の小間物屋で手に入れた豆太鼓を叩いて、五郎八の歓心を買うのに余念がない。そんな政宗を見て吹き出しそうになった。

政宗を貶《おとし》めようとする立て札の存在を知った時の消沈が、嘘のようだ。

久しぶりに平穏な時を過ごしながら、昼間の喜多の妙な答え方を思い出した。

政宗への讒言を書いた立て札――。だれが書いたのだろう。喜多の口ぶりは、だれの仕業かわかっているかのようだった。

愛姫には、石田三成しか思い当たる人物がいない。三成は関白秀次のことを、太閤に讒言した張本人だ。政宗についても、根も葉もない眉唾《まゆつば》を申し立てたとしてもおかしくない。十分予想できることだろう。

石田殿こそ高齢の殿下が亡きあと、お拾様を操ってこの国をわが物にしようとしているのではないか。

そう思ったが、さすがに自重した。三成が日の本をわが物にしようとしているというのは、さすがに荒唐無稽にすぎる。そんな気がしたのだ。

あまりに現実離れした雑言《ぞうごん》は、かえって説得力がない。

そこまで思い至ったところで、ふと時が止まった気がした。

えっ……。何かが愛姫の気を引いた。

政宗に対する讒言を書いた立て札には、何と書いてあったか。

立て札には、政宗が東国を治め、最上義光が西国を治める策謀があると書かれていた。これも荒唐無稽の話といってよい。

太閤殿下は、あの立て札によって、政宗には敵が多く、讒言する者もいることを知ったのだ。とすれば、政宗を貶めようとするあの立て札は、むしろ政宗を赦免する効き目があった。

その意味を、もう一度考えた。

政宗の逆心を暴こうとした立て札は、政宗に都合がよかった。利を得たのは政宗だ。

政宗の謀反の噂はそれまでにも流れていたが、問題の立て札は伏見の徳川屋敷の鼻先に立てられており、仕組まれた匂いが強すぎる。だれかが流言のために書いた陽動作戦と判断されやすいものだった。

そう気づいて、無邪気に五郎八をあやす政宗の背中を見た。

立て札は、殿が命じて立てたのではないか。

急にそんな気がした。太閤に、濡れ衣の恐ろしさを思い出させた時点で、頃合いを見計らって、明らかな讒言を立て札にして表に出す。内容は、政宗に罪をかぶせようとする荒唐無稽な作り話。それを知った太閤は政宗の謀反をばかげた話として受け取り、自分の間違いに気づく。

政宗は、そんな絵を描いたのではないだろうか。

問いただすために、その背中に声をかけようとしたその時――。

声が出なかった。おや、と自分でも訝《いぶか》しかった。

政宗の背中は潑剌《はつらつ》として、女の疑念など黙らせてしまいそうな威風に満ちている。愛姫の開きかけた口は、まるで声を忘れたかのように動きを止めた。

男と女の仲は、その二人で決めるのではなかったのか。今後の二人の有り様を決めるためにも、政宗に真相を尋ねてもいいはずだ。そう思うのだが、唇は渇き、口元は引きつっていく。

息を整えて、政宗に意見した数日前の自分を思い出してみる。あの時は流罪を覚悟したせいで、愛姫にも開き直りに近い気持ちがあった。捨て身の己がいた。

今、夫が赦免されて安堵の時を過ごすことで、あの時の覚悟は失せ、夫の感情を恐れる自分がいる。

謀反を促すほど強気にでた自分を、政宗は褒《ほ》めてくれた。だからといって、再びあからさまな態度を取ったら――。きっと政宗は興ざめする。そう考えると、不安が胸の奥からじわじわと湧いてくる。

愛姫は以前の、黙って待つ女に戻っていた。ここに至ってまた、元の自分に戻ってしまった。決して引かないと、政宗に食らいついた自分が嘘のようだ。

思わずため息が漏れた。

わが身に失望しながら、それでも政宗の五郎八への接し方が、兵五郎の時と同じかどうか確かめている。政宗が、側室の産んだ男の子と同じ愛情を五郎八に注いでいるのか、気にしているのだ。

正室特有の愚かさに気づいた時、元の二人に戻ってもいいような気持ちになってきた。

当主と正室の関係は、一筋縄では行かない。政宗と自分のような関係もあるのだ。

互いに思いを隠し、互いの真意がわからぬまま、その妖しさで結ばれる仲もある。

部屋の中は、政宗と五郎八の笑い声で満ちている。

このひとときがもうしばらく続いてほしい。子をあやす夫を見ながら、愛姫はそう願っていた。

政宗は、文禄四年（一五九五）の八月上旬に上洛してから、ほぼ五年の間、京（伏見）に居続ける。いわゆる「不断在京」の生活を送った。この時期に一度も国許に帰らなかったのは、数ある大名の中で稀有《けう》な例である。太閤秀吉の赦免状の条件に従ったことになる。

禍《わざわい》、転じて福――。政宗を伏見に留め置こうという秀吉の腹案は、別の果実を実らせた。四年後、正室・愛姫が待望の嫡男を産んだのだ。

一方、側室との間の庶子である兵五郎は、秀吉の諱《いみな》から一字を賜《たまわ》って秀宗《ひでむね》と名乗る。秀次の謀反事件から十九年後、秀宗は徳川幕府から伊予宇和島《いようわじま》藩十万石（愛媛県宇和島市）を拝領して、伊達家から独立した別家を創設する。

＊　＊　＊

政宗の死後、陸奥の仙台藩六十二万石（宮城県仙台市）を継いだのは、正室・愛姫の産んだ嫡男・忠宗《ただむね》だった。

釣鐘花

保姆《ほぼ》・片倉喜多《かたくらきた》

一

「出奔《しゅっぽん》……」

どこか現実離れしたその言葉を聞いた時、すぐには頭がついていかなかった。若い部屋方女中の話は、しどろもどろで要領を得ない。それでも喜多《きた》は、奥向きの女たちを取り仕切る役目の習性から表情を崩さなかった。

「お浜《はま》、落ち着きなさい。だれが見当たらないというのですか」

「藤《とう》の方《かた》様でございます」

藤姫――。はかなげで切れ長の目が脳裏に浮かんだ。政宗の愛妾《あいしょう》の一人。端正な容姿に恵まれながら、どこか気の弱さを感じさせる女という印象がある。華やかな京の生活になじめるか心配したが、ここ数か月は明るさが戻った様子だったので安堵《あんど》していた。

冷ややかな空気が他の奥女中たちの感情を表していた。斜め前に立つお琴《こと》は、探る視線を喜多に送ってきた。傍《かたわ》らのお袖《そで》は突き放した目でお浜を見つめている。

声が大きい――。その目の意味に気づいたお浜は、口を押さえながら不自然な体勢で動きを止めた。

襖《ふすま》が閉じられているのを確かめた喜多は、お浜の腕を取り、隅のほうに連れて行った。

「藤姫が屋敷を出たというのか」

「まだわかりません。僭越《せんえつ》ながら、屋敷を出たかもしれないと申しただけでございます」

怯《おび》えたような表情で、お浜は小声で言葉を継いだ。

男がらみの話だった。そのせいで遠慮があったのだろう。お浜は、核心を避けるように断片だけを口にした。

喜多は、一つひとつ順序立てて質問しなければならなかった。ようやく全体をつかむまで、堂々巡りのやり取りが続いた。

今朝、明け方すぐのことだ。家中の馬廻組《うままわりぐみ》の一人が、屋敷から出奔した。その男は以前、同僚に聞かせた話の中で、藤姫と懇《ねんご》ろになりそうだと自慢げに語っていたらしい。藤姫を一緒に連れて行くかもしれぬ。以前から、そう吹聴《ふいちょう》していたという。

日が昇りはじめて出奔の噂を聞きつけた部屋子たちは、藤姫がいないことに気づいた。手分けして探したが、どこにも姿が見えない。もしかしたら藤姫は、出奔した男と一緒に出て行ったのではないか。

お浜はうつむき加減にそこまで話すと、にわかに顔を上げた。

「藤の方様がその男と立ち話をしておられるのを、物陰で見たことがございます」

確証らしきものは何もなかったが、たしかに物騒な話ではあった。

喜多にも思い当たる光景がないわけではない。相手の男がだれなのかまでは知らない。が、濡れ縁にしゃがみ込むようにして、広敷《ひろしき》の庭に出入りする番士と会話する藤姫を見たことがある。それも相手は、一人や二人ではなかった。

藤姫の美しさは際立っていたから、あまたの男が話しかけてくるのだろう、と軽く考えていた。

奉公人同士が打ち解けた会話をするのは、悪いことではない。だが、相手の男の目からすれば、藤姫の輝きは抗しがたい甘露《かんろ》のように心惑わすものだったのかもしれない。

政宗の愛妾候補として連れてこられた幼い藤姫を見た時、喜多すら見とれてしまうほどの色艶《いろつや》をすでに漂わせていた。二十《はたち》になった今では、匂い立つような色香をまき散らしながら、すれ違う男たちから落ち着きを奪っていた。

それでも、心のどこかで色恋沙汰など起きるはずがないと、喜多は油断していた。まさか家来筋の中に、当主である政宗の愛妾に手を出す輩《やから》がいるはずはないと、そう考えたからだ。

いや、建前上許されないからこそ、逆に燃え上がるのが恋路だった。齢《よわい》五十九を数え、男女の機微《きび》すら忘れかけていた己の迂闊《うかつ》さを、喜多は悔いた。

だが、お浜の話は憶測の域を出ていない。あくまで最悪の事態を想定したにすぎない。本当に屋敷を出たのか、まずは屋敷内を確かめなければならない。

「藤姫がその男と一緒に屋敷を出たかどうかは、まだはっきりしませぬ。皆で藤姫を探すのが先決です」

伏見《ふしみ》の伊達屋敷は広い。女たちには、それぞれ探す場所を割り当てた。改めて区画を思い出していると、何の根拠もないが、藤姫は屋敷内のどこかにいるような気がした。

「はっきりするまでは、くれぐれも表沙汰にはしないように」

政宗は京の聚楽第《じゅらくてい》跡地に出かけている。帰宅は数日後になると聞いていた。事情が判明しないのに、騒動が政宗の耳に入るような事態は招きたくなかった。

そうでなくても近頃の政宗は、酒量が増え、なにかと癇癪《かんしゃく》を起こしやすい。お気に入りの愛妾の一人が失踪《しっそう》したとなれば、その憤《いきどお》りがどれほどのものになるか。怒りの矛先は、奥を仕切る喜多にも向けられるにちがいない。

胸に重苦しい痛みが走る。

昨年、豊臣秀吉の不興を買った関白秀次《ひでつぐ》が、謀反《むほん》を疑われて自害した。その後、昵懇《じっこん》の仲だった政宗にも共謀の疑いがかけられた。

身に覚えのない濡れ衣。どうにか疑いを晴らしたものの、自身はもとより、妻子他有力家臣に、伏見滞在が命じられた。

秀吉の成し遂げた天下統一の結果、すべての権力は秀吉に集まる。国内では戦乱がなくなったが、秀吉政権に反抗しそうな芽はいち早く摘み取られる。秀吉は、政宗を自らの近くに置くことで、監視の目を強めたのだ。

政宗の置かれた立場は一変した。

生まれて以来、奥羽《おうう》で自在に振る舞っていたが、伏見から離れられなくなり、秀吉のご機嫌取りという役目を強いられることになった。今は、伏見城の普請《ふしん》の役目を粛々《しゆくしゆく》とこなしている。

畿内《きない》では、どんなに屈辱を味わおうとも、秀吉に逆らう者はいない。直情径行に走りがちな政宗の性格からすれば、そうした日々が過分な重荷となっているのは、火を見るよりも明らかだった。

そうした鬱屈《うつくつ》の反動は確実に現れた。

三十になった政宗は愛妾の藤姫に、今まで見せたことのない執着を示した。二年前に五郎八姫《いろはひめ》を産んだ正室・愛姫《めごひめ》とは良好な関係を保っているが、ともすれば藤姫の部屋に通いつめる晩が幾夜も続き、喜多を心配させたりもした。

それだけではない。不安定な政宗の心情は、家中の統率にも影響しはじめる。

文禄《ぶんろく》二年（一五九三）、政宗は三千の兵を率いて海を渡り、唐入《からい》りのために布陣したが、肥前名護屋《ひぜんなごや》城に残って兵站《へいたん》を指揮したのが鬼庭綱元《おににわつなもと》だった。その手腕を気に入った秀吉は、綱元を厚遇した。

だが、これが政宗の疑心を生んだ。政宗が綱元の忠誠心を疑うようになったのだ。その結果、綱元はわずか百石の隠居料で隠居を命じられ、果ては伊達家から出奔するという事件が起きた。

近頃の政宗は秀吉に対しておずおずと接していた。配下の綱元に思うままに強気の態度を取ることで、鬱憤《うつぷん》を晴らしていたのではないか。家中の動揺は激しく、中には伊達家を見限って逃げ出す者が出はじめている。

伊達家の統率に乱れが生じているのは明らかだが、政宗自身の苦しい胸中を思うと、近しい家臣さえ口を閉ざす有り様だった。おそらく、今回の馬廻組の家士の出奔も、伊達家を見限ってのことなのだろう。

家臣の掌握《しょうあく》の乱れ。伊達家はこのまま瓦解《がかい》してしまうのか。

不安を感じた喜多の頭に、気炎《きえん》を吐いていた頃の政宗の顔が浮かんだ。あれからまだ数年しか経っていない。

今は耐える時期だ。喜多には思うところがあった。

太閤《たいこう》秀吉はすでに六十の坂を越えている。死期は近い。他方、跡継ぎのお拾《ひろい》様はまだ幼く、代替わりともなれば豊臣の世も盤石《ばんじゃく》ではない。伊達家が乗るべき潮の流れはそこにあり、いずれ政宗が奥羽の地に戻れる日も来るはずだ。それまでは波風を立てずに、つつがなく時機を待つ。

だが、そんな時に、政宗の寵愛を受けていた愛妾が消えたとすれば、それはゆるがせにできない事態だった。

藤姫――。あの愛らしい姿は伊達家に咲いた一輪の花だといえる。

香ばしい蜜に引き寄せられる男は、たしかに多いのだろう。中には誘ってくる男もいるかもしれないが、何不自由なく暮らせる生活を捨てて失踪などするだろうか。政宗からあれほどの寵愛を受けながら、藤姫が馬廻組士に心奪われるなどというのは、どうしても考えにくかった。やはり何かの勘違いのような気がしてならない。

藤姫付きの女中を呼び寄せ案内をさせると、喜多は藤姫の部屋に入った。

素早く、部屋の調度類や文机《ふづくえ》を順に目で追う。

何か手掛かりが残されていないかと考えたのだが、派手な色の打掛《うちかけ》が衣桁《いこう》に掛かっているのが目につくだけで、判断の糸口になりそうな物は少ない。私物はきれいに整頓されて並べられており、意外に几帳面《きちょうめん》な性格の一端がうかがえる。

政宗は女の身だしなみに口やかましく、美麗な女でも無精な性格だと遠ざけるところがある。まめな性分《しょうぶん》の藤姫は、その点でも政宗の気を惹《ひ》いたにちがいない。

恩寵を受ける身にしては殺風景な部屋だった。

中の様子だけを見れば、藤姫が出て行ったとしても違和感を覚えない。生活感の感じられない一画に立ち入ったせいか、本当に藤姫がいなくなったとしたら、家中がどういう反応を示すかが目に見えるようだった。

むろん、政宗はひどく腹を立てる。だが、女たちはどうか。愛妾たちが内心ではほくそ笑む様子は、想像に難《かた》くない。それほど当主の心を射止める競争は激しい。

正室・愛姫としても、強敵がいなくなればその分、政宗と二人、水入らずでいられる時が増えることになる。それは望ましいことではないのか。愛姫付きとして長年仕えた喜多には、そんな軽率な考えさえ浮かんだ。

実際、女たちがいなければ、正室・愛姫の心は穏やかになるのではないかと考えた時期が、かつての喜多にはあった。

武家を繁栄させるには、男系男子の子孫をたゆまず確保すべきなのは理解できる。そのために、正室以外に複数の側室や愛妾が必要とされている。

奥向きの仕事を任されている喜多にとっては、女たちが子を産みやすい環境を整えるのも重要な役目だ。

いや、喜多だけではない。跡継ぎの男子を絶やさないために、正室も側室も愛妾も等しく、各々《おのおの》が愛憎の感情を殺して、与えられた役割に徹することを求められる。

しかし、そうはいっても女は男を独占したいと思うものだ。その欲望を完全に抑えることなどできない。女たちが集められて起居《ききょ》をともにする奥屋敷においては、ことさらそうだ。

政宗の寵愛を受けようと常に気を張り詰め、お互いを心のどこかで敵とみなすような態度が見え隠れする。女たちは胸の奥にもたげる妬心《としん》をねじ伏せながら、表面上は意に介さないふうを装っているのだ。

だが、藤姫はどうだろう。

女たちの争いとは無縁に見える。型にはまらないのは、美しい顔立ちと生来の色香によるところが大きい。男からみれば淫靡《いんび》と感じる媚態《びたい》も、本人にとっては意図した仕草ではないらしく、幼少の時分から、そうした振る舞いが身に付いているようだった。

色香も持って生まれたものであるなら、本人には何の咎《とが》もない。

当人が気づいていない分、それに張り合おうとする女たちは空回りを余儀なくされ、かえって傷つくことになるのだが、藤姫はそうした人間関係にはまるで無頓着であった。京になじめない無垢《むく》な部分もあるが、地元の奥羽では、花を求めて飛び回る蝶のように自由気ままに振る舞っていた。

正室の愛姫が気の毒になる。ここまでの愛姫の道のりは平坦ではなかった。輿入《こしい》れから十五年後に五郎八姫が生まれると、ようやく愛姫も肩の荷を下ろしたかに見えたが、いまだに男の子は生まれていない。

振り返れば、愛姫が一つ年上の伊達政宗に輿入れしたのは、まだ十二歳の時だった。当時、喜多は政宗の保姆《ほぼ》の立場にあった。いわば政宗の養育係である。必然、愛姫の養育にも目を配るようになる。

彼女は気難しい政宗の正室という立場を純真に受け止め、政宗に尽くそうと地道に励んだ。その責任感の強さは跡継ぎの生まれない状況のもとで、かえって愛姫を苦しめる原因にもなった。今でも、男子を産んだ飯坂御前《いいざかごぜん》に対しては、引け目を感じているふしがある。

喜多は、部屋の閉め切られた腰高障子《こしだかしょうじ》を開けた。手入れの行き届いた庭の生垣の緑が映えている。

愛姫の心中を察したことが呼び水になったのかもしれない。脳裏には、寂しげな母の面影がよぎった。

すでに母が生きた年齢《とし》をはるかに超えている。幼い頃に抱いていた母への思慕とは別に、一人の女の健気《けなげ》さを慈しむような思いに囚われる。

男の子が生まれなかったばかりに、最初の夫の鬼庭左月斎《さげつさい》のもとを離れ、幼い喜多を連れて片倉の家に嫁いだ母――。

追憶は、突然の声に遮られた。

「お気に入りの名護屋帯《なごやおび》が残されています。藤の方様が大切になさっておられた物ゆえ、あれを置いて屋敷をお出になるというのは腑《ふ》に落ちません」

部屋の中を探索していた女中の一人が、喜多に耳打ちしてきた。

藤姫が名護屋帯を結んだ姿を見た記憶はないが、なんでも紅色と黄色の絹糸を混ぜて唐式に組んだというもので、両端には房がついている帯だった。

流行《はや》り物として珍重された品とあって、藤姫は宝物のように大切にしているらしい。その帯が残っているとすれば、藤姫は屋敷を出たわけではないとの推測も成り立つ。

「それに、よくよく思い起こせば納得できないことがございます。藤の方様がご興味を示されるのは、高貴な殿方に限られておりますから……」

そこまで言って口をつぐんだ。

直臣《じきしん》の一門衆ならともかく、馬廻組の家士と一緒に逐電《ちくでん》するというのはおかしい。沈黙はそうした事情を告げている。

愛妾という立場にありながら、他の男に興味を示すこと自体が不謹慎とも言えるが、彼女が身分の高い者に興味を示していたのが本当なら、それは屋敷を出ていないことを意味している。

喜多自身、最初に出奔と聞いたせいで、つまらぬ予断を抱《いだ》いてしまった落ち度は否めない。落ち着いて考えれば、藤姫の出奔を示す確かな証《あかし》は何もない。

「屋敷に見えないとすれば、どこかに出かけたのかもしれぬ。だれか、藤姫が寄りそうな場所に心当たりはないか」

「藤の方様も何度か外出されたことはありますゆえ、知っている者はいるかもしれませぬ」

尋ねてみれば、京にも藤姫の立ち寄り先はあるという。

伏見の伊達屋敷の一帯は伊達町と呼ばれ、近隣には重臣とその妻子の住む屋敷もある。話し相手になる女の住む屋敷を訪れたことなら、これまでにもあったらしい。さっそく、広敷の番人にそれとなく聞いてみるようにと指示を出した。

藤姫の不在について違う見方をしたことで、喜多は少し落ち着いた。その頃には、交友のある知人宅にでも出かけたのではないかという、楽観的な見通しも立つようになっていた。

「藤の方様がおられました」

廊下を小走りに近寄る足音が聞こえ、待ちわびた報告が入ったのはその直後だった。

複数の足音に続いて、藤姫が部屋の襖を開けて入ってきた。その顔には、悪びれたところが見当たらなかった。寝耳に水、本人のほうが驚いた風情《ふぜい》で、澄んだ声を発した。

「私を探し回っているとお聞きしました。何用でございましょうか」

何用かと問われると、適当な言葉が見当たらない。

喜多は返答に窮《きゅう》した。なぜか、ただの勘違いだと素直に告白する気にはなれなかった。

「今までどこに行っておられたのですか」

声を振り絞るようにして、喜多は藤姫に尋ねた。

「裏手にある社《やしろ》でございます」

平静に、藤姫が短く答えた。

屋敷の裏の竹林の中に、小さな社がある。社といっても鳥居はなく、切妻《きりづま》屋根で五尺四方の社殿を覆い、紙垂《しで》のついた注連縄《しめなわ》を張っただけの代物《しろもの》だ。屋敷神を祀《まつ》るために、政宗が建てさせた。

そんな場所にいったい、だれと。

喜多は、藤姫と一緒にいたのは男ではないかと訝《いぶか》しんだ。

「そのような場所に、どなたとご一緒に行かれたのでございますか」

「一人でございます」

「一人で……」

喜多の疑問の意味が、藤姫には通じていないようだった。怪訝《けげん》な表情を浮かべると、喜多の誤りを正すような口調で反論した。

「社に願掛けする時に、人を連れては行きませぬ」

願掛けと聞いて、虚を衝《つ》かれた。

では、社へはお参りに行ったということか。小心な印象を受ける藤姫が、たった一人で願掛けに行くとは、想像すらしていなかった。

「社へはよく願掛けをなさるのでございますか」

「子宝を授かるように、暇があればお参りしております」

あまりに素朴な答えに、喜多は決まりの悪さを感じた。自分も侍女たちも男の影を勘繰《かんぐ》ったのだが、藤姫の行いは女としてうなずける行動だった。

馬廻組士の出奔を告げると、口に軽く手を当てて自分とはかかわり合いのないことだと言い切った。時折、変な目で見つめられ、不快に思っていたが、表沙汰にはできない。そんな事情まで打ち明けた。

「お手間を取らせました。お部屋に入った無礼をお詫びいたします」

これ以上の問答は恥の上塗りになる。喜多は、藤姫の部屋をあとにした。

廊下を歩く足音が虚しく響く。

無性に肩身が狭かった。それは、見込み違いをしたという理由からだけではない。藤姫が子宝に恵まれるよう、子授け祈願をしていたという事実に打ちのめされたのだ。

胸を締め付ける記憶がある。

母もよく、近くの神社に詣《もう》でていた……。

藤姫が亡き母と同じ祈願をしたと知り、予期せぬ動揺に喜多は沈んだ。

二

社に祈りを捧げる藤姫。その姿を想像すると、苦いものが込み上げてきた。

庭からは風に揺れる梢《こずえ》の音が聞こえてくる。風は喜多の心の中にまで吹き込んだ。

参拝の前に、手水《ちょうず》を使うのですよ――。

幼い頃、神社の境内《けいだい》に入ると、喜多はいつも社殿に走り寄ろうとした。手水舎《や》を通り過ぎるたびに、母に呼び止められたものだ。綱を引いて鈴を鳴らしたかっただけの喜多には、願を掛ける母の切実な思いを知る由もなかった。

柄杓《ひしゃく》で両手を清める所作ひとつとっても、母は真剣だった。

「何をお願いするのですか」

母は、前を向いたまま目線を動かさずに答えた。

「丈夫な弟を授かりますように、と」

手を合わせて何事かをつぶやく母の横で、喜多も小さな男の子を思い浮かべて祈った。だが、母の願いは十数年も叶うことはなく、父から離縁された。母は喜多を連れて実家に帰るはめになった。

実父は、鬼庭左月斎良直《よしなお》。武勇の士であり、人取橋《ひととりばし》の戦いでの凄絶《せいぜつ》な討死《うちじに》は今でも語り継がれている。

だが、幼い喜多は実父を好きになれなかった。離縁された母の味方をして、実父を一方的に悪者だと決め付けていた。

いつか剣を取って父と果たし合う。そんな夢想が頭から離れなかった。そのために女の身にもかかわらず、武道と兵学を嗜《たしな》んだ。

女といっても、十二、三歳までは同年代の男とも剣で互角に渡り合える。いや、喜多の場合は互角以上の強さであった。

男勝りのまま歳を重ねていくうちに、父母の離縁の理由も、うすうすわかるようになる。離縁には、跡継ぎの男子が生まれなかった事情が絡んでいた。側室が男子を産むと、父は側室を正室とし、母を離縁して実家に帰したのだ。

母の願掛けの意味を真に理解したのは、その頃だった。

縁あって、母はその後、八幡《はちまん》神社の神職《しんしょく》の地位にあった片倉景重《かげしげ》に再嫁《さいか》した。連れ子の喜多も片倉家に入った。

僥倖《ぎょうこう》という他はない。養父は教養のある人で、いち早く喜多の才を見抜くと、女子一通りの教養の他に、兵学を習わせ、学問を身に付けさせた。

そして喜多が二十歳になった年、母の願掛けがようやく成就した。弟を出産したのだ。生まれた子が片倉小十郎景綱《こじゅうろうかげつな》である。

母の喜びは格別であった。そばで母を見ていた喜多も、天の恵みだと思った。だが、それからすぐに養父・景重は病のため他界し、夫のあとを追うように母もこの世を去った。

だから小十郎を立派な武士に育てるのは、喜多の責務となった。喜多が小十郎の養育に務め、家政を治めたのだ。

今はよくても、いつか後悔するようになる――。親戚縁者はそう心配した。独り身を通して小十郎を養育する喜多を、不憫《ふびん》と見ていた。

喜多はそれでも意に介さなかった。見ず知らずの家に嫁に入るよりも、小十郎に兵書を講じるほうが性《しょう》に合っていたからだ。実際に婚期は逃したが、それでも喜多の執念が小十郎の出世の道を開かせた。

十九を迎えて景綱と名乗った小十郎は、伊達家嫡男の藤次郎政宗の近侍《きんじ》に正式に採用される。喜多の教えにより、小十郎の立ち居振る舞いには偉丈夫を思わせるものが漲《みなぎ》っていた。そのため、当主輝宗《てるむね》に近侍する遠藤山城守《やましろのかみ》の目に留まり、推挙されたのだ。

小十郎の出世を導いたのは、喜多の見識と教養の高さが評価された結果だともいえる。喜多自身、政宗の保姆として養育の任を委ねられた。

最初に会った政宗の印象は、喜多の予想とは大きく違っていた。

奥羽諸侯からも信望が厚い、当主輝宗の嫡男。伊達家の次の棟梁《とうりょう》。梵天丸《ぼんてんまる》と称した当時九歳の政宗の前途は明るいはずだった。

だが同年代の少年と比べても、梵天丸は繊細で陰りを帯び、伊達家を統率するには荷が重そうだった。その原因が、自分の容貌《ようぼう》への引け目に由来しているのは明らかだった。

隻眼《せきがん》――。梵天丸は五歳の頃、右目を失った。疱瘡《ほうそう》にかかり、命をとりとめたものの、余毒が目に回ったのだ。梵天丸は自分の外見を醜悪《しゅうあく》なものと恥じ、悲観していた。

周りの者たちは、逆境に動じない不動心を身に付けてもらおうと必死だった。しかし、その結果はというと、だれも梵天丸の気持ちを理解できずに、かえって反感を買っていた。

その様子を見た喜多は、梵天丸と同じ立場の偉人の物語が必要だと感じた。負い目をもつ梵天丸は、励ましの言葉を綺麗事にすぎないと受け取っていたからだ。だから、生まれたばかりの梵天丸を見た高僧が、満海上人《まんかいしょうにん》の生まれ変わりだと予言したという話を聞かせた。

満海上人は、湯殿山《ゆどのさん》で修行し、経ケ峯《きょうがみね》に大般若経《だいはんにゃきょう》を埋めた徳の高い僧侶。そして満海上人も隻眼だった。その生まれ変わりなら、政宗が隻眼となってもおかしくはない。その物語を教えた。

それからというもの、隻眼の高僧が民衆の信仰を集めた話は、梵天丸の拠《よ》り所となった。その話を知り、初めて梵天丸は自尊心を保つことができたのだ。

幼い頃の政宗を思い出すと、頬が緩むのを感じる。政宗の神がかった武功は、喜多の人生をも照らす灯《あかり》だといえる。

奥羽の諸侯とのめまぐるしい戦いの中、政宗は摺上原《すりあげはら》で名門芦名《あしな》家と決戦に及んだ。この存亡を賭けた一戦で芦名を破り、会津《あいづ》を手に入れた。

実際、それは思いもかけない勝利だった。

諸侯が次々と降《くだ》り、伊達家は、陸奥《むつ》国五十四郡、出羽《でわ》国十二郡のうち三十余郡にまで所領を広げた。奥羽の地を制覇したのだ。

その知らせを聞いた時の喜び。政宗を支え続けた半生は報われたかに思えた。

「喜多。俺には不動明王《ふどうみょうおう》のご加護があるぞ」

凱旋《がいせん》した政宗の言葉を聞いた時は、涙が出そうになった。内に籠《こも》っていたかつての梵天丸は、そこにいなかった。政宗は奥羽で並ぶ者なき猛将へと成長した。小十郎もまた、めざましい活躍をして手柄を挙げていた。だが――。

秀吉がひっくり返した。

忘れようにも忘れられない政宗の小田原参陣。天下を手中に収めかけていた秀吉は、政宗が命懸けで得た会津領を没収した。伊達家の会津侵攻を、惣無事《そうぶじ》の沙汰に違反する行いだとして咎めたのだ。

さらに、その後の大崎・葛西一揆では、政宗の煽動が疑われる。

結果は、本拠地の長井・信夫《しのぶ》・伊達を含む六郡を奪われ、代わりに一揆で荒廃した大崎・葛西の地が与えられた。伊達家は、米沢《よねざわ》城から岩出山《いわでやま》城に転封《てんぽう》され、石高は激減した。

政宗の気は塞《ふさ》ぎ、落ち込んだ。今では秀吉に命じられるまま、ある時は朝鮮で悪戦苦闘し、ある時は伏見城下の普請作業をこなし、日々の滅私奉公に身をやつしている。

秀吉は政宗にとって、太刀打ちできない存在だといえる。

伏見城で見た太閤秀吉の姿を思い出した。秀吉は、絹地に金糸で鶴の文様を織り出した羽織を着ていた。

喜多が上洛した直後、政宗の養育係という境遇に興味を示した秀吉は、喜多を引《いん》見《けん》したいと強く要望した。むろん謁見《えっけん》の間を使った公のものではないが、秀吉からじかにお呼びがかかり、参殿《さんでん》したことがある。

「そなたが喜多か。片倉小十郎の姉だな。小十郎は、直臣になれという、わしの誘いを蹴ったがのう」

それが、太閤秀吉の第一声だった。

「よもや、そなたは、わしに仕えることを拒んだりはせぬだろうな」

秀吉から参じるようにと命じられた時、喜多は、自分が試されるだろうとわかっていた。伊達政宗の養育係。片倉小十郎の姉。秀吉の興味はそこにある。

「下賤《げせん》の身にございますれば、恐れ多くも太閤殿下にご奉公致すには、いささか荷が勝ちすぎております。ご容赦《ようしゃ》くださいませ」

秀吉はからからと笑い声を上げた。

「見上げた姉弟だな。小十郎ほどの家臣を抱える政宗が、奥羽でいかに育ったのか気になっていたが、そなたの訓育によるものらしいの」

「滅相《めっそう》もございませぬ」

「まあ、よい。半分は座興《ざきょう》で申したまでよ。だが」

秀吉の目が笑っていなかった。その態度から気安さが消え、重々しい威厳が現れた。

「わしが本気で政宗に命じれば、そなたは拒むことはできぬぞ」

それはすべての権力を手中にした男が、自分の権威を振りかざす言葉だった。

「承知しております」

座した姿勢のまま頭を深く下げ、喜多は声音《こわね》に従順さを含めた。

「うむ。大抵のおなごはわしには逆らわぬ」

一瞬ではあったが、秀吉に下卑《げび》た笑いが浮かんだ。

秀吉の女好きはすでに世評に高く、名門の出の女を何人も側室にしていた。織田信長の妹・お市《いち》の娘の淀殿《よどどの》をはじめとして、京極《きょうごく》家や蒲生《がもう》家、そして織田家の女が好んで選ばれた。

そうした放蕩《ほうとう》を止める者は無く、だれもが精一杯無関心を装っている。

秀吉の老耄《ろうもう》は確実に進んでいる。それが、秀吉に対する喜多の印象だった。女は、絶対権力者の秀吉に好かれようとするか、その外連味《けれんみ》を嫌悪するかのいずれかに分かれるだろうが、喜多は後者であった。

すでにお拾が生まれており、豊臣家の跡継ぎは決まっている。秀吉の主な関心は自身の長寿に向けられていた。

「時に、鬼庭綱元から鬼庭家の長寿の話を聞いた。綱元はそちの異腹の弟だそうだな。父御《ててご》は左月斎であろう。鬼庭家の長寿の秘密は、やはり薬湯《やくとう》だと思うか」

喜多の父の鬼庭左月斎良直は七十四歳で討死したが、それ以前の当主は四代に遡《さかのぼ》って九十歳を超えて長生きした。それが巷《ちまた》でも評判になった。興味津々《しんしん》、秀吉は身を乗り出して喜多を見据えた。

「綱元殿から米粉《こめこ》の話をお聞きになりましたか」

「毎日、湯に溶かしてどんぶり一杯分飲み続けておる」

綱元は石見守《いわみのかみ》を名乗っていた。その名をとって石見湯と名づけた湯を、秀吉は飲んでいた。

「湯はどのような色にございますか」

「白色だ。玄米を木臼《きうす》で挽《ひ》いて精白させ、水洗いして干した粉を溶かしておるでな」

「玄米のまま粉にしたほうがよかろうと存じます。玄米を湯で熱して干したものを、石臼で挽けば茶色の粉になりまする。玄米の粉をお飲みください」

「おお、そうか」

秀吉は、子供が好物に飛びついたような喜びを見せた。

そうかと思うと、喜多と気心が通じたと判断したのか、同時に政宗への不満も漏らした。

「綱元が伊達家を去ってしまったゆえ、作り方がわからず難儀しておった。それにしても、綱元を奉公構《ほうこうかまえ》にするとは。政宗のやつも、思わぬ弱みをさらしたものよ」

鬼庭綱元の出奔の話には後日談がある。

政宗と綱元の間に確執が生まれ、綱元は伊達家を去ったのだが、政宗は怒り心頭となった。意地になって奉公構を宣言した。家臣にとっては追放刑であり、他家にとっては自分の家に仕官させられなくなる措置である。鬼庭綱元は路頭に迷う立場になったといってよい。

各大名家は興味本位に伊達家の確執を噂した。その頃には、綱元の隠居料がわずか百石だったことが知れ渡り、政宗の評判は下がった。

秀吉と目が合った。喜多は、秀吉に得体のしれない思惑を感じ取った。

「いずれ褒美《ほうび》を遣《つか》わす」

謁見はそんな言説《げんせつ》で終わった。喜多が最後にかけられた言葉を忘れかけた頃、突然、秀吉の約束が果たされる。
少　納言《しょうなごん》――。秀吉は朝廷に手を回し、少納言の位を喜多に授けたのだ。秀吉としては、政宗の養育係だっただけの女に、格別の配慮を示したことになる。

濡れ縁から自分の部屋に戻ろうとした時、背後から声をかけられた。

「喜多。屋敷内でひと騒動あったと聞きました」

愛姫が喜多を訪れて来た。

少し前かがみ気味の肩と華奢《きゃしゃ》な体。濡れたような黒髪と哀切《あいせつ》を浮かべて光る瞳。愛姫の気性《きしょう》は、繊細なようでもあり、強さを秘めているようでもある。

二人で部屋に入り、向かい合って座った。

「思い過ごしがございました。ただの勘違いにございますれば、奥方様がご案じになるには及びません」

そうはいっても、正室である愛姫にとって奥向きの女たちは、伊達家の跡継ぎを増やす役目を担う家来筋にあたる。

愛姫は主人の立場でもあるから、家中の出来事を座視してはいられない。もし、だれかが出奔するような事態になれば、正室・愛姫の落ち度とされる恐れもある。

「奥羽の女とは別に畿内の女も加わりました。二派に分かれて反目もあるとか。育ちは違っても、今は皆、伊達家の女同士。家中でまとまらねばなりませぬ」

「じつは藤姫を探しておりましたが、本人は屋敷内におりました。何の心配もございません」

「藤姫……」

ほんのわずかだが、愛姫に困惑が見て取れた。このところ、政宗の愛を一身に受ける藤姫の存在は、愛姫の女の性《さが》の部分を刺激したのかもしれない。

十歳近くも年下の娘と張り合うのは大人げない。そんな風情を装ってはいるが、三十路《みそじ》を前にする焦りにも似た思いは、喜多にも覚えがあった。

正室としてよくやっておられる。喜多は、慈愛をこめて愛姫を見つめた。

少女だった愛姫が三春《みはる》の地を離れ、政宗に嫁入りしてから十七年になる。その間、実家の田村家では伊達派と相馬《そうま》派の対立があり、それが政宗の癇癪を引き起こしたこともあった。

さらに歳を重ねるにつれ、二人に嫡男が生まれず、そのせいで関係がぎくしゃくしたこともある。いや、今でも嫡男を授かることを、愛姫は諦めていない。長年、近くで見てきた喜多には、そうした愛姫の苦労が手に取るようにわかった。

「喜多、顔色がすぐれないようですよ。具合でも悪いのではないのか」

愛姫の視線が、喜多の目を捉えてから着物の袖に移ろい、手の甲で止まった。しばらく眺めていた。

隠しはしなかった。愛姫の見つめる先には、若い頃にはなかった細かな皺《しわ》が、手の込んだ細工のような縞《しま》をつけているはずだ。

「疲れたでしょう。私は戻りますから、少し横になるといい」

愛姫が立ち上がった。

だれが悪いわけでもないものの、不自由な生き方を強いられる女たちの現実に辟《へき》易《えき》する。しかも、その思いは自分の境遇にもつながっている感覚があった。

始めから喜多は、子を産もうとする女の道筋からは降りている。少女を女に、女を老女に変えるだけの時の流れが、勝手に過ぎ去って行った。

愛姫の困難な立場に同情しながら、これからも女の身ひとつで生きる自分の先行きに、心許《こころもと》なさを感じずにはいられない。

だが、喜多は自分の感情を無視して、部屋を去る愛姫を見送った。

三

その日の昼過ぎ――。物騒がしさは表門の辺りから聞こえてきた。

「太閤殿下の御成《おな》り」

門番の大音声《だいおんじょう》や重臣たちの大声は、降って湧いたように突如はじまった。慌ただしさが喜多のいる部屋にまで響いてきた。

様子を見に行った侍女の足音が近づいたかと思うと、障子戸《しょうじど》が手荒く開けられ、緊張気味の顔が現れた。

「殿下が屋敷に……」

ただならぬことだ。当主の政宗は数日間不在の予定であった。その留守に太閤秀吉が唐突に現れたと聞いて、その真意を測りかねた。

政宗の身に何かが起きたのか。まず頭に浮かんだのは、そうした懸念だった。喜多は小走りに廊下を進み、表玄関に向かった。

上がり框《かまち》から外を見ると、槍《やり》持ちや草履取りなどの従者たちが、外を見張るように並んでいた。すぐ下方に目を落とすと、式台の下の石畳に置かれた木箱の上に、天鵞絨《びろうど》らしき鼻緒の履物が載せられている。

すでに屋敷内に……。

「喜多様っ」

乾いた男の声で背中から呼ばれた。見ると、片倉家の譜代《ふだい》の家臣、佐藤治郎右衛《じろうえ》門《もん》が硬い表情で立っている。

「何事ですか。殿下はどちらへ」

「それが、厠《かわや》をご所望とのことで」

聞き取れないほど低い声が返ってきた。太閤を初めて目にしたせいか、心胆《しんたん》奪われた表情で身じろぎもせずにいる。

「厠にご案内したのですか」

佐藤は虚《うつ》ろな目をしたまま、話を続けた。

「ご尊顔を存じ上げなかったものですから……。申し訳もございませぬ。供の方々が追いつく間もなく、いきなり屋敷にお一人で上がり込んでこられたお姿を見て、それがし、そうとは知らずに――」

不吉な予感がした。力が抜けたように呆然《ぼうぜん》と立つ佐藤の様子は、尋常ではない。比較的新参の家格にもかかわらず、片倉家が大役に任じられているのは、小十郎の武功によるところが大きい。佐藤は、片倉家が城持ちになる以前からの譜代であり、数々の戦いで小十郎を支えた家臣だ。いつもなら毅然《きぜん》とした物腰を見せるはずだが、それが今は影を潜めていた。

喜多は恐る恐る先を促《うなが》した。

「何があったのですか」

虚ろな表情の佐藤の目は、喜多を見ていなかった。視線が宙を泳いでいる。

「殿下とは存じ上げずに、その行く手を塞ぎ――」

袖をつかんで引き留めたという。

喜多の両手は思わず口を押さえていた。漏れそうな叫び声を必死に押し留めた。無礼にも程があるが、供を置き去りにして一人で屋敷に上がり込む男を、即座に天下人と判断するのは困難だろう。

つかんだ武者羽織に浮かぶ桐紋《きりもん》。佐藤は慌てて手を離した。

貴人じゃ、下がれ。直後に響いたしわがれた声を聴いて、初めて相手が太閤秀吉だと理解した。佐藤はその場で平伏したが、その後、秀吉の姿が消えたという。

「それがし、万が一の時は、腹を切りまする」

「とにかく、殿下のもとへ行ってお詫びするのです」

すぐに厠に向かった。厠前の廊下には家中の者が右往左往している。秀吉はすでに用を足したようで、姿が見えない。皆が行方《ゆくえ》を探していた。

伏見城の普請に使う材木の輸送のため、破却された聚楽第の跡地へ差し向けたのは秀吉自身だから、政宗の留守は承知だろう。

厠を所望とはいえ、伏見城本丸は目と鼻の先だというのに、伊達家に寄る必要があったのだろうか。喜多は、秀吉の底意《そこい》を測りかねた。

喜多は広間に向かった。秀吉と供の者が寄るのなら広間だと思ったのだが、勘ははずれた。

「喜多様。殿下が」

奥女中の一人が近づいて、喜多に耳打ちした。

「奥方様のお部屋にお入りになったところです」

愛姫の部屋――。驚きは、ひと呼吸あとから追ってきた。政宗のいない間に、邪《よこしま》な思いで愛姫に会おうというのか。わざわざ伊達家に立ち寄ったのはそういうことか。

喜多は愛姫の部屋に急いだ。夢中で小走りになっていた。

部屋の前に着くと、構わずにいきなり襖を開けた。

杞憂《きゆう》であった。

座敷の奥に太閤秀吉が座り、愛姫に何事かを話しかけ、二人で談笑していた。愛姫が楽しそうに笑い声を上げている。間《ま》の悪さを感じて、喜多は立ちすくんだ。

「片倉か」

喜多に気づくと、秀吉は手招きをした。

「そなたも、近《ちこ》う寄るがよい」

その言葉に振り返った愛姫と目が合う。心からくつろいでいる様子に見えた。

「殿下が初めて殿と会われた時のお話を伺っていたところです」

愛姫が朗らかに説明した。

　喜多はその場に座ると深々とお辞儀をし、それから愛姫の後ろの位置まで膝行《しっこう》した。

　秀吉は、白くなった眉を指で撫でていた。

「小田原城攻めの折に、初めて政宗に謁見を許した時の話だ。わしもそうだが、その場に集《つど》った諸侯は皆、奥羽の田舎《いなか》大名の小倅《こせがれ》がどの面《つら》さげて現れるのか、興味津々といったところであった。天下が一つにまとまる時期に、場違いな若造がいかなる言い訳をするのか、皆の関心はその一事にあったのだ」

　政宗は、名門芦名家を摺上原に破って会津を手に入れたが、その行いが秀吉の不興を買い、北条《ほうじょう》攻めのさなかの小田原に呼び出された。臣従か抗戦か。家中は二派に割れたが、政宗は秀吉に臣従することを決め、秀吉のもとに参陣した。

「場違いも度を越せば、意表を衝かれた者たちを魅了する。政宗は諸侯から一目《いちもく》置かれたのだ。何しろ――」

　異様ないでたちだった。政宗は、髷《まげ》を解いた下げ髪姿に白ずくめの死装束《しにしょうぞく》を身につけて現れた。命すら投げ出す。徹底した恭順《きょうじゅん》の意を表し、秀吉の下す沙汰に身を委ねる覚悟を示したのである。

「場合によっては首を取るつもりでいたが、わしも、さすがにそこまではできなんだ。見ていた者たちが皆、助命を望んでいるのがわかった。ものの見事に政宗にしてやられたわ」

愛姫は軽い笑い声を上げた。秀吉の話を心から面白がっているようにも見える。秀吉もそう受け取るだろう。

だが、愛姫の周到な芝居かもしれない。喜多はそんな気がした。

秀吉の圧倒的な力により、戦乱は去った。日の本《ひのもと》で大名同士が所領を相争えば、より大きな力によって本領を奪われる。それが新しい天下だ。飼い犬のように言いつけを守れば、男は、命と本領を安堵される。

だが、女は違う。夫である大名が秀吉に逆らえないように、故郷から京に移され、監視下に置かれる。自分の意思で親兄弟に会いにも行けず、手応えがないまま雑事に汲々《きゆうきゆう》とする生活が続く。

実際、愛姫は好きな散策にすら気ままに外出できず、奥女中たちに踊りや謡《うたい》を教え、家の系図と歴史を講じる毎日を送っている。

夫のいない喜多にしても、京での生活は華やかな反面、不便を数え出したらきりがない。

奥羽では容易に集められた薪《まき》さえ、ここでは手に入れるのに難儀《なんぎ》する。許可がなければ山の木さえ勝手に伐《き》ることができず、他家から分けてもらうために頭を下げなければならないのだ。苦労して手に入れた薪は水気が多くて、煙が出やすい場合が多かった。

煤《すす》けた日々。京の生活は華やかだが、それになじめない息苦しさもある。奥羽では束縛《そくばく》を感じたことがないが、秀吉の天下では、何かに追われている気がする。

「わしは政宗に言ったものだ。参じるのがもう少し遅ければ、首がなくなっていたぞ、とな」

秀吉が大仰《おおぎょう》に語り、直後に笑い声を上げた。

この世界を作った天下人は、いま愛姫を相手に昔話に興じている。

秀吉が天下を取ったのは何かの偶然なのか、それとも卓越した器量によるものなのか、喜多には測りかねた。唯一わかるのは、この天下のもとでは、権力のすべてはこの男に委ねられるということだ。

その秀吉は、何のために伊達家を訪れたのか。喜多は来訪の意味を考えた。

秀吉は政宗の留守を知って、屋敷を訪れている。そこに何らかの意図を見出さずにはいられない。

昨今の秀吉は、幼いわが子のお拾に天下人の地位を譲ろうと、その一点に没頭している。昨年の関白秀次の自害の一件では、秀次の謀反に加担した疑いで政宗も詰問された。秀吉は、まだ政宗に対する猜疑《さいぎ》を捨てていないのではないか。

だとすれば、この訪問も、屋敷内に不穏な動きがないかを確かめるためのものということか。厠を口実に伊達家を監視に訪れた。そう読むべきか。

考えを巡らせていた喜多の頭に、ふっと政宗の疲れた姿が浮かんだ。本来の闊達《かったつ》な表情が消えうせ、秀吉のご機嫌取りに血まなこになる姿だった。

胸に微かな疼痛《とうつう》を感じた。

自在に生きた故郷での暮らしがもはや過去のものであるのなら、今の生活に適応していくしか道はない。

秀吉を支える諸大名と比べて、政宗は奉公に加わるのが遅かった。その遅れを取り戻し、豊臣政権で成り上がるには、伊達家は一丸となって秀吉への忠勤に励まねばならない。

突然の秀吉来訪に驚きながらも、喜多は抜け目なく次に打つ手に思いを巡らせていた。わざわざ向こうから機会を与えてくれたのだ。この場で秀吉をもてなせばよい。

和やかな接待。伊達家への警戒を解くほどの趣向を凝《こ》らそう。

「殿下にお見せしたいものがございます。さっそく用意いたしましょう」

喜多は席を立った。思わせぶりな言葉を残して別室に向かった。

秀吉の関心を惹くものは何か。すぐに考えは浮かんだ。余興の好きな秀吉のことだ。奥にいる女たちの踊りを披露すれば、きっと満足させられる。伊達家への覚えがめでたくなれば、それが政宗への助勢になる。

喜多はいち早く手配した。

奥にいる側室付きの女たちを集めて、太鼓、笛、鉦《かね》を用意させた。粗相《そそう》のないようにと言い含め、しかし己たち自身が楽しむようにと助言した。

「殿下。鹿《しし》踊りをご覧にいれます。八幡太郎《はちまんたろう》の時代から奥州に伝わる風流踊りでございます」

突然、耳を打つような鉦の音《ね》が響いた。続いて華やかな笛の音が旋律を奏でる。八名の女たちが、楽器に合わせて踊り出した。揃いの着物に羽飾りをつけ、小唄を歌いながら一糸乱れぬ所作で踊る。

屋敷の部屋は、いつの間にか奥羽の大地に変わる。厚い雲をこじ開けるように陽の光が、一筋の線になって地を照らす。森の木々は葉を震わせ、鳥は飛び立ち、小動物はざわめき出す。

天空に日輪《にちりん》が輝けば、鹿の群れが獣道を走り出す。そのあとに続く猟師が矢をつがえると、ひときわ大きな美しい鹿が現れ、自ら盾になって仲間を守る。矢が胸に当たり、大きな鹿は音を立てるように倒れる。

倒した獲物のもとに近寄った猟師は、森の中で不思議な光景に遭遇する。死んだ美しい鹿を囲むように、八頭の仲間の鹿が柳の枝を咥《くわ》えて回りはじめる。それを見た猟師は厳《おごそ》かな気持ちになり、供養《くよう》のために一緒に踊り出す……。

「おお」

突如として現れた世界観に、秀吉が嘆息する。

喜多は解説を加えた。その昔、八幡太郎義家《よしいえ》が奥羽に遠征した時、敵の目をごまかすために、村の女たちにこの踊りをさせた。華やかな踊りを見て、敵が感嘆している隙に、味方が取り囲み、襲い掛かって倒したと伝わる。

本来の鹿踊りなら、鹿の頭を象《かたど》った冠をかぶり、背には綾竹《あやだけ》を背負って踊る。鹿は神の使いであり、猟をする時にはその祟《たた》りを恐れて供養したことから、鹿の頭を模した冠をつけて祈りを捧げるのだ。だが、即興ということもあって、そこまでの用意はできなかった。

と、その時――。部屋の襖が開いた。

小唄に合わせて、女が一人入ってきた。その姿を見て、喜多は息を呑んだ。傍らの秀吉も目を瞠《みは》った。

どこから手に入れたのか、鹿の頭の代わりに鹿角《しかつの》前立ての兜をかぶり、背中には綾竹の代わりに旗指物《はたさしもの》を差している。

「藤姫……」

だれもが呆気に取られる中、藤姫は宙に浮くような軽やかさで、片膝を大きく突き出しながら全身をくねらせる。他の女たちが藤姫を囲みながら回って踊りはじめる。

「ほう」

渇いた口の中を潤《うるお》すように、唾を飲み込む音が聞こえた。秀吉が凝視している。鹿踊りは大地の神を崇《あが》め、災いを除くために祈願する。だが藤姫の動きは、虫や蝶をも呼び寄せる甘い蜜のような色香を撒き散らしていた。

喜多は愛姫のただならぬ気配に気づいた。愛姫の口は固く結ばれている。だが、珍しく感情を露《あら》わにしたその瞳からは、鬼気迫る内面がほとばしり出ていた。太鼓の音が破天荒《はてんこう》な抑揚《よくよう》を刻む中で、愛姫の女心はかき乱されていた。

喜多は陰鬱《いんうつ》な気分になった。藤姫の色香は男を刺激するだけでなく、若い女すら平静ではいさせない。藤姫の顔は童女のようでありながら、その妖艶な肢体《したい》は、同性が落胆するほどであった。

秀吉をもてなそうとして気配りをしたつもりが、愛姫を消沈させてしまった。そう気づいて、喜多は臍《ほぞ》を噛んだ。

秀吉への接待は、藤姫の魅力を浮き彫りにした。

すでに高齢の域に足を踏み入れた秀吉と異なり、政宗はまだ若い。とても藤姫の色香に抗《あらが》えないだろう。その分、愛姫は子宝に恵まれる機会から遠ざかることになる。

色香も男好きする肢体も、悪しき特性ではない。跡取りが生まれれば、その生母として一目置かれる立場になれる。子が生まれることで伊達家は繁栄する。それはわかっている。

だが――、思わず藤姫から目をそらした。喜多の母は、嫡男が生まれなかったために鬼庭家から離縁され、実家に戻った。幼い喜多は母に手を引かれながら、とぼとぼと歩いた。そのつらい記憶が自分を正室・愛姫に肩入れさせるのだと、喜多は気づいていた。

四

太閤秀吉が屋敷を去った後、喜多は重い疲労の中にいた。

秀吉を満足させた手応えはあった。女たちの踊りと舞いは想像以上に盛り上がった。だから、一刻程経って伏見城からの使者が来た時には、何か褒美でもよこしたのかという考えさえ浮かんだ。

「こともあろうに殿下に無礼を働くとは、言語道断。いったい、どのように償《つぐな》うつもりか。少納言殿」

秀吉の使いとして現れたのは、浅野長吉《あさのながよし》（のちの長政《ながまさ》）。奉行衆の一人だ。今にも斬り付けてきそうな剣幕で顔をしかめている。

無礼と言われても、喜多には心当たりがなかった。見送った際の秀吉は上機嫌だったはずだ。奥羽の風流踊りが、あるいはこの地の禁忌《きんき》を犯したのかもしれない。万一があるとすれば、知らない禁令に抵触する不始末しか思いつかなかった。

返答に窮した。問いを発すれば、かえって不遜《ふそん》だと咎められそうな気がして沈黙した。実際、浅野は目を剝《む》いて攻撃の頃合いを測っているように見える。

喜多はもともと浅野が苦手だった。

秀吉の姻戚《いんせき》という立場から厚遇を得ているが、先の奥州征伐の際には、指南役でありながら伊達家に何の力も貸さなかった。他人の足を引っ張る奸知《かんち》にたけ、尊大で自己保身が強い。だから、これまでに味方を装って近づいてきた時でも、警戒を怠らなかった。

妙だと思う。油断できないその相手が、今日は居丈高《いたけだか》な気勢を隠そうともしない。喜多は浅野の真意を読み取ろうと、その一挙一動を細かく見守っていた。

「太閤殿下のご様子をお聞かせください」

できるだけ冷静な声を発した。だが、浅野がまた目を剝いた。

「他人《ひと》ごとのような物言いは許されぬぞ。太閤殿下のご威光は今や海を越え、遠く明《みん》の国にも届いておる。その殿下の袖をつかむとは、前代未聞の大失態。殿下のご立腹は推《お》して知るべしであろう」

血の気が引いた。秀吉が伊達家の屋敷に入ってきた時、片倉家の佐藤がその袖をつかんで制止した。佐藤からもその話は聞いている。だが、秀吉は何食わぬ顔で愛姫と話をしていたから、事なきを得たと思っていた。

「その件、たしかに聞いてはおりますが、殿下は気にする素振りをされてはおられませんでした」

「知りながら、そのままやり過ごすつもりでおったのか。そちらから伺いを立てるのが筋であろう。ここに至っては、首を差し出すだけでは済まぬかもしれんぞ」

目の前が真っ暗になった。

本来なら目通りすらかなわぬ陪臣の佐藤が、殿下の袖をつかんだ。喜多は、すぐに平身低頭して謝るべきだったのだ。しかし、秀吉が機嫌を損ねていないのを見て、話を蒸し返すのをためらった。だが秀吉は、非礼を許したわけではなかった。

「事と次第によっては、政宗殿の進退にもかかわってくるぞ」

浅野の怒鳴り声に、喜多は内心飛び上がる思いがした。

政宗の進退。喜多の一番恐れる言葉が頭の中に響いた。片倉家の陪臣のせいで、政宗の責任が問われる。

「申し訳もございませぬ。非礼を行った者は片倉家の家臣にござりますれば、私から殿下にお詫びを申し上げとう存じまする。どうか、お取次ぎをお願い申し上げます」

「謝って済む話ではない」

「当人は、殿下とは気づかなかったのでございます。気づいていれば、そのような振る舞いに出るはずはございませぬ。私にできることは何でもいたしますゆえ、どうぞ殿下にお取り計らいをお頼み申します」

　喜多の過ちでもあった。こちらに非があれば、まずは詫びを入れるものだ。喜多はそれを怠った。秀吉に踊りを見せることに頭が一杯で、配慮を欠いた。

　正座したまま頭を畳に擦《こす》り付けた。いま頼れるのは目の前の浅野だけだ。

「そこまで申すのなら、殿下のお怒りを鎮《しず》める方法がないでもない」

　浅野の口調が急に変わった。喜多は違和感を覚えながらも、すがる思いで先を促した。

「それは、どのような」

「踊った女の中に、鹿角の兜をつけて踊った女がいたであろう」

　いきなり藤姫のことが出されて、喜多の頭が追いつかない。

「殿下が大層、お気に入りになられたようでのう。その女を差し出せば、あるいは殿下も機嫌を直してくださるかもしれぬぞ」

浅野の言葉を聞いて、意味がわかった。喜多は息を吐き出して呼吸を整えた。

「その者は藤姫と申しますが、わが殿の恩寵を受けるおなごにございます。殿が承服なさいますまい。私の一存で決められることではございませぬ」

「では、どうする。このままでは、いずれ無礼を働いた男の首《みそ》をもらう事態になるぞ。伊達家の進退にかかわる重大事ともなろう。殿下が見初めた女を差し出せば、それで穏便に済ませられるのだぞ」

殿下が見初めた女。そう聞いて、喜多は直感した。浅野の魂胆は明らかだ。秀吉への無礼の話は、ただの撒《ま》き餌《え》にすぎない。真意は、藤姫の要求であった。腸《はらわた》が煮えくり返るとは、こういう気持ちなのだろうと実感した。

やり方が気に入らない。浅野に対して絶対に引いてはならない、という一念が湧き起こる。

奥羽では武力や統率力が栄達の決め手だった。だが、秀吉が統一した天下においては、そうではない。天下人との親戚関係や、讒言《ざんげん》のうまさがものをいう。姑息《こそく》な手段を弄《ろう》する者が重用《ちょうよう》される。

戦乱が終わって訪れた天下とは、天下人の我欲《がよく》を満たすだけのものなのか。失意にも似た感情が湧き起こる。

「重ねて申し上げます。いかに殿下のお申し出とはいえ、当主のいない間に、ご愛妾を引き渡すことはできませぬ」

「片倉殿。そなたは少納言であろう。天子《てんし》様にもお目通りを許される身なれば、女一人を殿下に差し出すのに、独断で決めて何の不都合があろうか。それに伊達殿に知らせたとして、もし殿下の頼みを断るような事態になったら、どうするつもりだ」

政宗は、鬼庭綱元が秀吉と昵懇になるのを快く思わなかった。あげくは綱元を無理に隠居させ、結果、綱元は伊達家を去った。その政宗が、寵愛する藤姫を素直に差し出すとは思えない。意地を通して、秀吉の不興を買うにちがいない。

だからと言って、政宗の意向を確かめもせずに、藤姫を差し出すことなどできない。それは自明のことに思えた。

加えて、理不尽な要求をする秀吉への反感もあった。天下人とはいえ、いや、天下人だからこそ、天道にはずれることを恐れなければならない。

秀吉は、自分の権勢で何でも動かせると思っている。天下というものが、気に入った女を手に入れるための道具なのだとしたら、女にとっては戦乱の世と何の変わりもないことになる。

「お断り申します」

毅然と宣言した。直後に、胸のすく思いが去来《きょらい》した。

「伊達家の行く末をお考えなされ。利休《りきゅう》のことを忘れたのか」

千利休は秀吉から娘を差し出すよう命令されたが、それに応じなかった。その後、秀吉との間に軋轢《あつれき》が生まれ、最後には自害を命じられている。

ために、利休の話を持ち出されて、喜多の中に不吉の念が生じた。秀吉の申し出を断った
ために、難癖をつけられて自害した利休。意地の通し方を見れば、政宗には利休に通じるものがある。

だが、勝手に藤姫を差し出すわけにはいかない。そんなことをすれば、政宗は激怒するだろう。

「お許しください。こればかりは私の一存では決められませぬ」

浅野が、ぞっとするほど冷酷な眼光でにらみつけてきた。

「一日だけ待とう。それを過ぎれば、不届き者の首を差し出すはめになることを忘れるな」

藤姫を差し出せば、佐藤の命は助かる。が、それでは政宗が黙っていない。

藤姫を差し出すのを拒めば、秀吉の不興を買い、伊達家に害が及ぶ。

いずれを選ぼうともいばらの道ならば、自分を押し通したほうがいい。

「当主が戻れば、当主の口からじきじきに返答することになりましょう。いつ戻る

かお聞きにならないのでございますか」

浅野に微かな困惑の色が浮かんだ。

「三日後と聞いていたが、違うのか」

「さあ、存じ上げませぬ」

喜多は無理をして笑みを浮かべた。

五

浅野が去った後、喜多は屋敷で佐藤を探していた。言い含めておかないと、秀吉への無礼を悔やんだ佐藤が、自ら腹を切りかねない。そんな懸念もあって廊下を進み、角の部屋の前を通り過ぎようとした時、中から会話が聞こえてきた。

「その小袖は、京では地味すぎて粗末に見える。だれぞに与えてよい」

「ですが、これは昨年、殿より頂戴した思い出の品にございます。藤の方様も大切にしておられたはず」

「いちいちこだわっていたら、いつになっても片付かぬぞ」

声の主がだれなのかはわかる。普段、か細い声しか出さない藤姫の声が、なぜか部屋の外まで響き渡っていた。

「これだけ捨てたというのに、着物を入れる挟《はさ》み箱が足りぬ。あと二つほど都合はつかぬのか」

着物を挟み箱に入れているらしい。首を傾《かし》げながら、喜多は声をかけた。

「喜多です。入ってもよろしいですか」

襖の前で声をかけた。途端に大声は止んだ。部屋の中から小声で話す様子が伝わってきた。しばらくして、藤姫付きの女中が襖を開けた。

部屋の中の藤姫は、落ち着き払って座っていた。

畳の上は、着物や茶道具、備品でごった返している。部屋の隅に布団で覆われているのは、その大きさからみて茶箱か挟み箱らしい。旅の準備でもしているのか。いずれにせよ、藤姫が荷物をまとめているのは明らかだ。

「これは何の支度でございますか」

喜多は努めて丁寧に聞いた。

「部屋の片付けをしているのでございます」

「いつになく慌ただしい声が外の廊下まで響いていました。ただの片付けではなさそうでございます」

藤姫の瞳が微かに揺れた。

「奉行の浅野様が屋敷を訪れたと承りました。どのようなご用件でございましたか」

挑むような藤姫の視線が向かってきた。

喜多は震撼《しんかん》した。

藤姫は知っている。秀吉からの引き渡しの要求。秀吉が藤姫を見初め、自分の愛妾にしたいと使者を送ってきた。その経緯《いきさつ》をすでに知っている。だから、これほど強い態度に出られるのだ。

喜多は真っ直ぐに藤姫を見つめた。

「浅野様の話の内容、すでに聞かれましたね」

返事はなかった。間違いない。先刻の浅野の怒声は、客間の外まで響いたはずだ。それをだれかが耳にして、藤姫に伝えたのだ。

「太閤殿下のお目に留まったのなら——」

藤姫の目に勝ち誇るような色が浮かんだ。

「本丸御殿に移ることになりましょう」

突き放した声が冷たく響いた。

「殿が承服するとお思いなのですか」

喜多の声は、怒りに漲っていた。

「殿とて太閤殿下の臣下にすぎませぬ。主命に従うのが筋かと存じます」

藤姫は、喜多を射るようににらんだ。

そう言われて、自分の唇が震えるのがわかった。度肝を抜かれた気がしたのだ。

かろうじて言葉を継いだ。

「自分から太閤殿下のもとに行きたがっておられるように、聞こえますぞ」

「上を目指せるのなら、ここに留まる理由はありませぬ」

美しい蝶の印象は消え去っていた。政宗の子宝を願って慎ましく祈る姿は跡形もなかった。

ここにいるのは、奥羽の田舎娘ではない。

秀吉の作り上げた天下を自在に飛び回りながら、さらに上位の男に狙いを定める貪欲《どんよく》な雌蜂《めすばち》が、目の前にいた。

「浅野様にはすでにお断りの返事をいたしました」

「そんな……。独断でお決めになったのですか」

藤姫が目を剝いた。美麗な白い顔が、みるみるうちに紅潮していった。

「殿にお伺いを立てずに決めることこそ、独断のそしりを受けましょう」

「お願いいたします。殿下がお望みなら、私を本丸御殿にお送りくださいませ」

恥も外聞もない態度で、藤姫はしゃにむに頼んできた。喜多は大きく息を吸った。

藤姫自身が望んだとしても、喜多の一存で藤姫を渡すことはできない。藤姫と当主政宗とは主従関係にあり、主人である政宗が進退を決めるのが筋だ。

だが、政宗が伏見の伊達屋敷に戻るのは三日後。それまで待てるのか。いや、帰りを待ったところでどうなる。政宗が、素直に藤姫を秀吉に渡すとは思えない。譜代の鬼庭綱元でさえ追放され、奉公構を受けているのだ。藤姫もよくて追放、悪ければ手討ちになる。催促した秀吉は体面を汚され、伊達家を潰しにかかるだろう。

「殿がお帰りになるまで、待てませぬか」

藤姫の翻意《ほんい》を促すつもりで言った。

「待たないほうがよいのでございます。面と向かって伝えて、騒がれるのは嫌でございますから」

もはや政宗を上から見ているような口ぶりだった。毒々しい言葉を聞いて、喜多は説得を諦めた。

変貌《へんぼう》した藤姫を政宗に会わせてはならない。会わせれば、手討ちになる。そうなれば太閤秀吉との関係にも禍根《かこん》を残す。

藤姫は今や、伊達家にとって獅子《しし》身中《しんちゅう》の虫といえた。伊達屋敷に置いておくのは災いにしかならない。

他に道があるとは思えなかった。

「わかりました。浅野様には使者を送りましょう。先刻の提案を受け入れると伝えます。そなたは荷造りが終わりしだい、屋敷から出て行くがよい」

正室・愛姫の意見を聞こうとは思わなかった。あくまで自分で決めたことにする。そうすれば、政宗から責められるのは自分一人で済む。

「お世話になりました」

形だけ頭を下げる藤姫の声が、虚しく響いた。

喜多は踵《きびす》を返して部屋を出た。体の奥に、鉛が詰まったような疼痛がある。

時代は変わった。心の底からそう思う。新しい天下が来て、時代が変わり、女たちも変わった。藤姫のような女が現れ、先の読めない世の中になった。

変わらないものは何なのか——。

しばらくの間、逡巡《しゅんじゅん》したが、答えを出すのは容易ではなかった。

六

「申し訳ございませぬ」

「本来ならば手討ちにするところだ」

政宗の怒号がひときわ大きく響いた。

三日後、政宗が屋敷に戻り、留守中の出来事を知った。政宗の髪は逆立ち、額には血管が浮き、肩の肉が盛り上がった。不動明王を思わせる恐ろしい形相《ぎょうそう》で、喜多を威圧した。

喜多は、畳に頭をつけたままの姿勢で謝り続けた。

愛姫と片倉小十郎も列座する中、上座に座った政宗が喜多をにらみつける。

「俺の許可もなしに、藤を殿下のもとに送るとはどういうことだ。出過ぎた真似にも程がある」

早口でまくし立てると、政宗は手にした扇子を横の襖に投げつけた。扇子は襖にはじかれて、鈍い音を立てながら転がった。

「喜多は、真っ先に伊達家の大事を考えたのでございます。何卒《なにとぞ》ご容赦くださいませ」

慌てて愛姫が横から取りなそうとするが、政宗は「黙れ」と愛姫を一喝した。

政宗の剣幕に押されて、皆が下を向いた。政宗は何度も激しく息を吐き続け、その音が部屋の空気を震わせていた。

「またしても殿下にしてやられた。むざむざと会津や仙道《せんどう》の所領まで奪われたというのに、そのうえ女まで奪っていったのか」

政宗の憤りは秀吉に向けられている。その言動から見ても、これまでの政宗が秀吉の圧迫に耐え、我慢を重ねてきたと容易に想像できた。

「殿、お声が大きすぎまする」

小十郎が政宗を諌《いさ》めた。小十郎は政宗がそれ以上、秀吉への不満を口にしないように制止した。どこに秀吉の間者《かんじゃ》が紛れ込んでいるかわからないのだ。

しばらくの間、政宗は溢れそうになる秀吉への怒りをひたすら抑え込んでいた。

その代わりに、藤姫を差し出した喜多に怒りのはけ口を向けた。

「たしかに俺を育てた喜多の功績は大きい。だが、俺は伊達家の棟梁だぞ。勝手に女を殿下に渡したからには、それなりの覚悟があるのだろうな」

その言葉に、今度は自分よりも小十郎がうろたえていた。

「殿。それがしからもお詫び申し上げます。何卒お許しください」

「小十郎、いいのです」

喜多は自分のせいで片倉家に汚点がつくのを恐れた。小十郎の出世に支障が生じるくらいなら、この際、どんな罰でも受けるつもりでいた。

「よいか、喜多」

政宗の声が真剣さを帯びた。

「藤のやつはな。だれよりも繊細な女なのだ。心の底から俺を頼りにしていた。俺がいなければ、生きてはいけぬ女なのだぞ。それを太閤殿下などに」

驚くには値しなかった。政宗が漏らした言葉は、喜多の想像どおりだった。藤姫は自分がいなければ生きてはいけない女だと、政宗はそう思っている。藤姫が自ら秀吉のもとに行くことなど微塵《みじん》も考えていない。

本当のことを言ってはならぬ。

言えば、政宗の心は折れる。藤姫が自分を頼っていたと信じる政宗に、喜多は真実を言えなかった。秀吉に蹂躙《じゅうりん》される政宗をこれ以上、傷つけたくなかった。

政宗が藤姫の愛を信じるならば、たとえどんなに叱責《しっせき》されたとしても、真実は胸の内に留めておく。そう心を決めた。

「俺も伊達家の当主として、責任の所在をはっきりさせねばならぬ。そうでなければ家中に示しがつかないのだ」

「もとより覚悟の上にございます」

政宗は少しの間、考えていた。

「片倉喜多。晴天一万日の蟄居《ちっきょ》を命じる」

それを聞いた愛姫が息を呑んだ。小十郎の顔も青ざめていた。

晴天一万日の蟄居――。それは晴天の日だけで一万日を部屋に閉じ込める刑だった。毎日が晴れ続けたとしても、三十年近くは蟄居しなければならない。いわば終身刑である。

「心してお受けいたしまする」

喜多の答えを全部聞かずに、政宗は席を立った。

政宗が部屋を出ると、小十郎が喜多のもとへとにじり寄った。

「姉上。理由《わけ》をお聞かせください」

「理由とは……」

「姉上が殿の裁可を待たずに、このような取り計らいをなされた理由でござる。姉上らしくもございませぬ。何か、理由があるはず」

喜多の頭の中に、さまざまな思いが駆け巡った。

藤姫の心はすでに政宗から離れている。そう伝えようかと一瞬、迷った。その分、返事が遅れた。

「あるのですね。お聞かせくだされ」

小十郎が矢継ぎばやに迫る。

「ありませぬ」

言ってどうなる。いずれにせよ、政宗には伝えられない。結果、喜多への罰は変わらないだろう。ならば、小十郎に言ったところで、重荷を背負わせるだけだ。

「今、殿に申し上げねば、姉上はこれから先、浮かばれませぬぞ」

「太閤殿下に従うのが伊達家のため。それ以外に理由はありませぬ」

なお食い下がろうとする小十郎を残して、喜多は部屋を出た。そのまま自室に戻ろうと廊下を歩いた。

途中、庭の濡れ縁の前で足を止めた。

庭の向こうに伏見城の大天守がそびえている。それが秀吉の天下の象徴だった。

だが、天下は万全なのだろうか。戦乱がなくなった代わりに、人は天下人の意に背けずに殺伐とし、佞臣《ねいしん》が世にはびこっている。喜多には、大天守も砂上《さじょう》の楼閣《ろうかく》のように見えた。

天下が変わり、女も変わった。だがそれがはかないものならば、自分は変わらないでいようと思う。たじろぎはしない。一万日の蟄居だろうと耐えてみせる。

二十五年前、幼い政宗は右目を失って意気消沈していた。自分はそんな政宗に前を向くように諭したはずだ。だから、成人した政宗に見せよう。伊達家の男たちに示そう。悠久《ゆうきゅう》の大地のように変わらないものがあることを。たじろがない奥羽の女の姿を――。

ふと、庭の一画に意識が向いた。生垣の根本に生えた青紫の桔梗《ききょう》のつぼみに目を奪われた。

奥羽にも桔梗に似た花が咲く。神菜《ととき》と呼ばれるその花は、桔梗の青紫よりも一段と淡い薄紫色の花を咲かせ、朝鮮人参《にんじん》に似た根茎《こんけい》を生やす。下を向いた釣鐘型の花弁の形から、喜多はその花を釣鐘花と呼んだ。

奥羽に帰り、久しぶりにその花を眺めたくなった。可憐に咲く釣鐘花。その花をもう一度見れば、京の喧騒など忘れてひとりの女に戻れる。

桔梗のつぼみを目に焼き付けた。ふいに一陣の風が吹き渡り、つぼみは激しく揺れながらも気高さを保ち続けていた。

＊　＊　＊

蟄居を命じられた喜多が畿内を去った直後、山城《やましろ》国伏見で大地震が発生する。これにより、指月《しげつ》の森の伏見城は倒壊した。城にいた豊臣秀吉は無事だったが、木幡《こばた》山《やま》への避難を余儀なくされた。この地震が契機になって、この年の十月に文禄から慶長《けいちょう》に改元される。

喜多は奥羽に帰国、小十郎が城代をしていた佐沼に籠居《ろうきょ》し、後に亘理《わたり》に移り、さらに刈田《かった》郡蔵本《くらもと》村愛宕山《あたごやま》に連なる山中に草庵《そうあん》を構え、読経三昧《どきょうざんまい》の生活に入って七十三歳まで生きた。

小十郎は、喜多の遺骸《いがい》を草庵の裏の小高い丘に埋葬した。政宗は、米沢にあった妙心院《みょうしんいん》という寺を仙台に再興、喜多の位牌寺として長年の功に報いたという。

片倉家の馬標《うまじるし》「白地黒釣鐘」は今日、白石《しろいし》市章とされているが、釣鐘の鳴り響くがごとく片倉家の家名を轟《とどろ》かせよ、と喜多が考案したものと伝わる。

野《の》風《かぜ》の音《ね》

娘・五郎八姫《いろはひめ》

一

越後《えちご》福島城の庭がしっぽりと湿っている。晴れていればまだ陽が高いはずだが、あいにくの煙雨《えんう》のせいで、本丸御殿は夕暮れ時のような薄暗さだった。夫は雨の日ともなると、早くから酒を飲み出す。

「こう毎日、雨空ばかり続くと気分まで暗くなるわ。越後は辛気《しんき》臭くてかなわん。江戸の空のようにからりと晴れる日はないのか」

松平忠輝《ただてる》は庭に向かって座りながら、手酌で酒を呷《あお》っていた。

色黒でかさかさの肌、普段から吊り上がった目尻、ぎょろりと動く野獣のような目。天下人である徳川家康の六男と教えられなければ、だれもそんな家柄の出だとは気づかないだろう。

「江戸も今の季節は、きっと雨でございますよ」

「土地柄の話をしているのだ。そなただって、ひなびた越後よりも、雅《みやび》な伏見《ふしみ》や賑やかな江戸が懐かしいであろう」

「それは……」

五郎八《いろは》はとっさに言葉が見つからず、曖昧《あいまい》に返事を濁した。それに気づいた忠輝は振り返って五郎八の表情を確かめると、ほらみろ、とつぶやきながら盃《さかずき》を嘗《な》めた。

五郎八はそんな忠輝から目をそらした。

見栄《みば》えは出会った時と変わらないが、昔はもっと快活なところがあった。

武門の棟梁《とうりょう》の血筋の者として武芸学問の鍛錬に励み、家臣たちにも横柄《おうへい》な態度を取ることはなかった。他のキリシタン大名がそうであるように、身を厳しく律して節制し、キリシタンとしての振る舞いも心得ていた。

少なくとも、日が暮れる前から人目もはばからずに飲んだくれる姿を見た覚えなど、記憶にない。以前は憂さ晴らしをするにも、能や茶の湯を選んでいた。

「この雨空のように心が晴れぬ。どいつもこいつも寄ってたかって、この俺を謀反《むほん》人《にん》に仕立て上げようとするからな」

「殿、その話は慎んだほうがよろしかろうと存じまする。どこに人の耳があるか、わかりませぬゆえ」

「口に出して何の不都合がある。黙っていれば、罪を認めているかのようではないか」

「どうか、そのあたりでおやめくださいい。江戸には詫び状をしたためるのが肝要《かんよう》でございましょう」

忠輝がにらむような目で見つめてきた。五郎八はその視線を正面から受け止め、見返した。しばらくの間、二人の視線が交差したが、目をそらしたのは忠輝が先だった。

「このまま俺が罪人にでもなれば、そなたの父にも累が及ぶかもしれぬと言いたいのであろう」

畳を見つめながら、小声で忠輝がつぶやいた。

「父は関係ありませぬ。私たち二人の今後のためでございます。お忘れですか。殿と父が争論になりましても、今まで私は口出しをしたことはないはずでございます。殿の伴侶《はんりょ》として、五郎八はあくまで殿のご指示に従います。されど、大御所様にだけは逆らってはなりませぬ」

五郎八は弱々しく見えるようにうつむきながら、もの悲しさを漂わせて切々と訴えた。その様子を見て、忠輝は盃を置いた。驚き慌てたように胡坐《あぐら》を組み直しながら、強張《こわば》った顔で告げた。

「父上は古すぎるのだ。南蛮と海洋貿易をすれば、この国はますます栄えよう。俺はだれにはばかることなく、世界の海で交易をしたいだけだ」

伊達家から輿入《こしい》れした当初、五郎八はこの言葉にまいってしまった。十五歳の夫が大人びて見えたせいもあるが、その理想の大きさに心奪われ、忠輝を豪傑と信じて一途に惚れ込んだ。

あの時の自分は十三だったから、しかたがない。婚姻から七年経った今では、五郎八にも現実が見えてきた。

世の中は大御所徳川家康の指図によって動いており、将軍秀忠《ひでただ》でさえ、逆らえはしない。いや、将軍は家康に忠実だからこそ、その地位に就けたとさえいえる。

弟の忠輝はあくまで将軍秀忠の家臣であり、その立場をわきまえて身を処するべきだ。

五郎八がそれだけの分別を付けるようになったのに対して、忠輝の考えは以前と変わらぬままだ。徳川の血を引く者として、自分を特別の存在と信じて疑わない。

それが五郎八にはもどかしい。

「人々に殿のご本心までは読めませぬ。大御所様は、南蛮のキリシタン布教は侵略の手段かもしれぬ、と恐れておられるとか。そうでなくても、キリシタンの殿は目を付けられておいでです。事を荒立ててはなりませぬ。いつか潮目の変わる日まで耐え忍ぶべきと存じまする」

しなを作って悲しそうに頼んだ後、五郎八は最後に口の端を上げて笑みを浮かべて見せた。

無粋《ぶすい》な口出しは相手を怒らせるだけだ。忠輝が自分の容姿を好いているのはわかっている。多少の演技を交えて夫を立てながら、言うべきことはさりげなく口にするのが五郎八の習い性《しょう》になっていた。

「まるで自分自身はキリシタンではないかのような言い方だな」

忠輝の目が珍しく冷たかった。

「この私もキリシタンだからこそ申し上げているのでございます」

少し芝居掛かりすぎたかもしれない、と内心舌を出しながら、五郎八は弁解した。先にキリシタンになった忠輝が「形だけでも」と迫った時、五郎八は形だけキリシタンとなった。すべては、夫に従順な妻と認められたいからである。

忠輝の非難は、その後、紅毛《こうもう》と呼ばれる和蘭《オランダ》人や英吉利《エゲレス》人に向かった。

「南蛮人より後から来た紅毛は、貿易を独占したいがために、南蛮の非を言い募ったのだ。南蛮の布教が侵略の手段だと申し立てた。父上たちはその策略に乗せられている」

ポルトガルとイスパニアは、南蛮と呼ばれる。両国から来た宣教師は天主教《てんしゅきょう》を広め、これにより日本でも、キリシタンとなる者が数多く現れた。

「異国人たち同士の争いは、私も聞いております。ですが、それを言い出してもどうにもなりませぬ。そんなことにかかずらうより、やれることをやるべきでございます。恭順《きょうじゅん》の姿勢を見せれば、大御所様もご容赦《ようしゃ》くださることでしょう」

「こんなことになったのも、長安《ながやす》が図に乗りすぎたからだ。越後の役人は長安の息のかかった者ばかりだぞ。長安を断罪したあと、次から次へと召し取ることもできよう。最後の責めを負わされるのが、この俺というわけだ。まったく、俺の周りは馬鹿ばかりだ」

忠輝はまた興奮してきたようだ。その顔を、五郎八は真っ直ぐに見つめた。視線に気づいた忠輝が声を落とした。

「いや、五郎八のことを言ったのではない」

キリシタンには、聖母信仰がある。忠輝が五郎八に聖母を重ねて見ていることに、うすうす気づいていた。ここぞというとき、忠輝は五郎八に頭が上がらない。

自嘲《じちょう》めいた言葉を口にした忠輝は、取り繕《つくろ》うように平静を装っている。しかし、強がりを見せる表情とは裏腹に、五郎八には、忠輝の心細げな不安が透けて見えるようだった。

二

天下を統一した豊臣秀吉は、慶長《けいちょう》三年（一五九八）八月十八日にその生涯を終えた。嫡男の秀頼《ひでより》はまだ六歳。次の天下人を目指した駆け引きが行われる中、最有力とみなされたのは、五大老筆頭の徳川家康だった。

家康が勢力を伸ばせたのは、勝手にすることを禁じられていた大名同士の婚姻を繰り返したからである。六男・松平忠輝の婚約相手に選ばれたのは、伊達政宗の長女の五郎八だった。有力大名との婚姻政策は、天下人になるための布石だったのだ。

家康の最後の決め手は、関ケ原の戦いだった。豊臣家の将来を憂慮した石田三成と関ケ原で激突した。この時、三成が束ねる西軍は、伏見の大名屋敷を囲み、東軍の大名の妻子を人質にしようとした。

幼かった五郎八の記憶に強烈に残っているのが、生まれたばかりの弟を抱き締める母・愛姫《めごひめ》の、にらむような怖い目だ。

母は片手で五郎八の手を握りながら、何かを祈っていた。あの時に、自分たちの命運を決める天下分け目の戦いが行われていたのだ。五郎八がそれを知ったのは、後年のことだ。

結局、東軍の徳川家康が関ケ原の戦いに勝利した。江戸で幕府を開いた家康は、名実ともに天下人となる。

東軍に味方した伊達政宗も、仙台城を居城として仙台藩六十二万石の藩主になった。徳川が天下を治めるのと同時に、政宗もまた有力大名としての地歩を築いていったのである。

　五郎八が最初に忠輝と会ったのは、もう七年前のことだ。場所は江戸だった。忠輝は一目で五郎八を気に入ってくれた。

「そなたが五郎八か。字を読むかぎり、男の名のようだ……。」といった物言いは、聞き飽きているのだろうな」

「聞き飽きておりますが、そのような問い方をされたのは、初めてでございます」

「そなたが俺に嫁げば、伊達家は徳川と誼《よしみ》を通じることになる。政宗公の狙いどおりだな」

「私が殿に嫁げば、徳川家も安泰《あんたい》でございまする」

「言うではないか」

　しばらくの間、五郎八をじっと見つめた忠輝は、単刀直入に言った。

「そなたを嫁にしてつかわす」

　唐突な忠輝の言葉に、五郎八はとっさに「はい」と答えた。忠輝はいきなり背を向けると走るように出て行った。浮かれた後ろ姿を見ながら、笑いをこらえたのを覚えている。

　まだ、大坂には豊臣秀頼が健在だ。徳川が幕府を開き、秀忠が征夷大将軍になって将軍職世襲を実現しても、安心はできない。徳川家と伊達家が姻族になるのは、両家にとって好ましいものだった。

その後、忠輝は越後国高田に封じられ、信濃《しなの》川中島十四万石を合わせて七十万石程をも領している。このまま大過なく知行地《ちぎょうち》を支配できれば、他の兄弟とともに親藩の主柱として栄えるはずだった。

その忠輝に危機が訪れている。家康から疑念の目を向けられ、弁明を迫られている。

長安が図に乗りすぎたからだ――。忠輝の言葉には、補佐役への怒りが表れていた。

側近の大久保長安の死によって発覚した、今回の不正蓄財。長安の居宅からは莫大な金銀が発見されたという。

大久保長安は忠輝の側近であると同時に、幕府の実力者でもあった。石見《いわみ》銀山の奉行や佐渡の金山奉行《かなやま》を務め、瞬《また》く間に産出量を増大させた。ポルトガルの宣教師から聞いた南蛮流の採鉱技術が威力を発揮した。長安の活動により、忠輝も幕府も巨万の富を得た。

その反面、長安の生活は派手だった。自制することがない。支配地に行く際には、家臣の他に美女や猿楽師《さるがくし》を大勢従え、各宿場で酒宴を催した。そのため人足の徴発《ちょうはつ》が多く、農民が迷惑を被ったという。

それでも長安の生存中は、幕府も目を瞑《つむ》った。長安の手腕が幕府の財政を潤《うるお》したからだ。ところが、死んでしまえばもはや用済みである。

生前の不正蓄財が発覚すると、家康は徹底的な弾圧を始めた。所領や多額の金銀は没収され、長安の遺子《いし》七人が極刑となった。さらに親族一党までが糾問《きゅうもん》され、ある者は改易となり、ある者は配流となった。

家康の疑いの目は、さらに長安の主《あるじ》である忠輝にも向けられている。

「大久保殿は、多額の金銀を貯め込み、私服を肥やしていたと聞き及びます。そうした金銀は殿にも回っていたのでございますか」

「多少はな。されど、幕府が手にする財に比べれば微々たるものだぞ」

酒を飲む手を止めて、忠輝は弁解がましく言った。

「金山は幕府の天領でございましょう」

「俺も採掘や運搬に人を出している。昔のような竪穴ではなく、坑道を掘って大規模な採掘を行えるようにしたのだ。そのためにかかった費用を回収しただけだ」

忠輝には、長安を支えて幕府の蓄財に貢献したという自負がある。幕府の財を増やしたのだから、自分が利をむさぼったという罪の意識がない。自分にかかる疑いは事実無根と考えている。

だが、それは忠輝や長安の遺子たちの言い分である。

財力を使って徒党を組むようになることを、幕府は必要以上に警戒している。家康や将軍秀忠が重視するのは世の中の安泰だ。少しでも不穏な兆《きざ》しがあれば、早いうちにその芽を摘み取ろうと躍起《やっき》だった。

「ご公儀《こうぎ》は、豊臣恩顧《おんこ》の大名たちを警戒しております。彼らの中には天主教を保護する方々が大勢おられますから、キリシタンを豊臣方とみなして疑いの目を向けております」

「太閤《たいこう》はすでに死んでおる。今さら秀頼に何ができる。キリシタン大名を束ねて謀反を起こすなどという戯《ざ》れ言《ごと》を、本気で信じているのか」

「信じておりませぬ。ですが、それを疑って恐れる人心の動きこそ、見極めなければなりませぬ。人々の疑心を軽んじれば、思わぬ落とし穴にはまることもありましょう。大久保殿の居宅からは、キリシタン大名たちとのつながりを示す書状が、いくつも発見されたというではありませんか。それを知ったご公儀がどう考えるか。そこに思いを馳せることこそ肝要と存じます」

キリシタン信者は増え続けている。忠輝がキリシタン大名の盟主に収まり、将軍の座を狙うのではないか。そうした噂は、世間で広くささやかれている。ばかげてはいるが、たとえ戯れ言でも身の潔白を示すべきだと五郎八は思う。

「天下の趨勢《すうせい》が決した今、謀反など起こせるわけがない。意地の悪いやつらの讒言《ざんげん》だ」

忠輝は天井《てんじょう》を向いて、一気に酒を飲み干した。

「殿は、ご自分が疑われているとは思われないのでございますか」

「疑われているかもしれぬ。俺は父上からも疎《うと》まれているからな」

忠輝の母・茶阿局《ちゃあのつぼね》の身分が低かったために、自分はないがしろにされているのだ――。以前、忠輝はそう言った。

それにまつわる噂も聞いている。家康は生まれた忠輝の顔を見るなり、その容貌を嫌い、捨ててしまえと言い放って、後に家臣に拾わせて養育させたという。

忠輝の複雑な心情は、そのあたりの事情から来ている。五郎八はそう見ていた。

一息ついた忠輝が、まじまじと五郎八を見つめた。

「俺が疑われているということは、舅《しゅうと》殿も疑われるかもしれぬぞ」

そう言われて、五郎八の耳に父・政宗の声が蘇った。

徳川はわしを信用しているわけではない――。

政宗は、自分が疑われているのを自覚していた。

政宗はだれかに対して忠義を尽くす性質《たち》ではなく、表と裏を使い分ける人間だった。表向き徳川に味方しても、徳川が負けた場合の次善の策まで用意する。その用心深さがかえって疑いを招くのを、五郎八も知っていた。

かりに伊達家と徳川家が手切れになった場合、五郎八は伊達につかなければならない。それが輿入れに際しての父娘《おやこ》の取り決めだった。

ため息が出そうになるのを、五郎八は堪《こら》える。

「誤解を解くには、殿が恭順の意を示すべきと存じまする」

言いながら、疲れを覚えた。言っても詮《せん》ないことだとわかっている。

忠輝は行いを自省することなく、突き進む人間だ。自分を将軍に匹敵する存在だと思っている。父・家康への反感から、簡単に頭を下げようとしない。

忠輝は、自分への仕置きなど考えたこともないのであろう。天主を信じている自分に罰が下るなど念頭にない。

長安邸で発見された金銀も、キリシタン大名とのつながりを示す書状も、自分とは関わりないと思っているのだ。だから書状を書いて詫びを入れるような、無様な真似はしたくないはずだ。

どこまで甘いのか。

五郎八に見えるものが忠輝には見えていない。幕府にとって、忠輝の癇癪《かんしゃく》など何の意味も持たないのだが。

今の徳川は、築き上げた秩序の維持を何よりも優先する。争いを未然に防ぐことが、秩序の安定には必要なのだ。

豊臣であれ、キリシタンであれ、騒乱の芽となりうるものは一律に排除するだろう。ならば、将軍の家臣はその方針に沿って行動すべきだ。将軍を支える官吏となって、世の安寧に努めるべきなのだ。

言おうとして呑み込んだ言葉があった。

棄教《ききょう》してもらえませぬか――。

喉まで出掛かっている。が、五郎八には言えなかった。

三

薄暗い小屋の中には、身動きできないほどの領民が集まっていた。越後福島の城下を出た浜辺近くの民家の離れ屋である。

老若男女を問わず、皆が板の間に座り、頭《こうべ》を垂れて宣教師の言葉を聞いている。といっても、そのほとんどは異国の言葉で、通訳なしに理解できる者はいない。

「父と子と……聖霊の御名《みな》によって、アーメン」

ロザリオを首にかけた南蛮人の宣教師は、最後だけ片言の日本語を口にした。

皆と同じように右手で十字を切りながら、五郎八は、アーメンとつぶやいた。

人々が立ち上がり、順に外へ出て行く。その多くは、漁村の領民だ。月に三度程のキリシタンの集まりでは、お互いの身分の差がなくなる。五郎八は皆のあとに続いて、小屋の外に出た。前方の林の中では、二人の従者がこちらの様子をうかがいながら、五郎八の警固に就いているはずだ。

すぐ近くの海からは、波の音が聞こえる。潮の匂いが鼻をつく。その匂いを嗅ぎながら、五郎八は大きく息を吐いた。

今日の集まりも、礼拝以外に怪しい動きはなかった。越後のキリシタンは従順でおとなしい。天主の教えを守れば、身分の隔たりなく、祝福を受けるものと信じている。

五郎八が礼拝に参加するのは、信仰心の表れというより、キリシタンというものを自分の目で確かめようとする関心からくるものであった。

徳川家は、南蛮の布教は侵略の手段だと恐れている。だから自分でそれを見極めたいと思った。それゆえ、形だけのキリシタンであっても、五郎八は礼拝にはよく参加した。

今日も、宣教師の教えは、行いを清めるように促《うなが》すだけだった。南蛮の脅威を感じさせるものはない。

だが、世間一般の見方では、幕府が天主教への取り締まりを強め、いずれは大身《たいしん》の者も縄につながれると取り沙汰されている。そうした中、松平家中は不安な日々を過ごしていた。

幕府と天主教とのかかわりには変遷がある。そのせいで、各藩は間違った対応をしてしまったという側面があった。

当初、家康は貿易の利益を求めて、南蛮の布教活動に寛大な態度を取った。

諸大名も貿易の利だけでなく、家康の覚えがめでたくなるように、南蛮に寛容な方針を取り、自ら洗礼を受ける者もいた。こぞって南蛮のラシャやビロードなどを見せ合い、舶来品《はくらいひん》に傾倒したものだ。

夫の忠輝や五郎八がキリシタンになったのも、その頃だった。海の広さを教えられ、遠い異国から旅をしてきた冒険心に魅せられたところもある。

そんな家康も、やがてキリシタンを警戒しはじめた。きっかけは岡本大八《だいはち》事件だった。

幕閣《ばっかく》・本多正純《まさずみ》の与力でキリシタンの岡本大八が、肥前《ひぜん》のキリシタン大名・有馬晴信《はるのぶ》を騙して収賄し、大八は火刑、晴信も死罪に処された。

大八は、家康の身辺にも多数のキリシタンが潜伏していると自白していた。身近なところまで迫ったキリシタンの脅威は、家康を驚かせた。大八事件のようなご法《はっ》度《と》破りが起きたのは、キリシタンへの寛容さに問題があったためと考え、慶長十七年（一六一二）三月、京都、長崎、有馬地方でキリシタン禁制が敷かれた。

このあと、家康はどう出るのか。

家康も今や高齢となり、残された生涯は限られている。とすれば、何よりも優先すべきことがあるはずだ。それは、徳川の世を盤石《ばんじゃく》にするため、障害となる存在を取り除くことだ。

五郎八は自分の考えに自信があった。

天下取りの経緯《いきさつ》を見ても、家康の特徴は、手堅い策を抜かりなく施すところに表れている。ここで徳川家の内紛を露呈《ろてい》することはないだろう。だから、忠輝への沙汰が下されていないのだ。

家康が徳川家の安泰のために、見つめる先は一人の男に限られている。

豊臣秀頼だ。

家康がこの世から去れば、今の将軍秀忠に大名をまとめる力があるかどうか怪しい。太閤秀吉の遺児・秀頼の天下を望む、豊臣恩顧の大名は多いのではないか。徳川将軍家の前に立ちふさがるのが、秀頼だった。

邪魔な秀頼を取り除こうとする場合、家康はいきなり攻撃を仕掛けたりはしない。用意周到な家康のことだ。石垣の石を一つひとつ崩していくように、秀頼の周辺の力を削いでいくだろう。真っ先に警戒するのが、豊臣恩顧の大名たちだ。

　もっとも、豊臣恩顧の大名はここ二年の間に、次々と世を去っている。浅野長《なが》政《まさ》、真田昌幸《まさゆき》、堀尾吉晴《よしはる》、加藤清正《きよまさ》、池田輝政《てるまさ》、浅野幸長《よしなが》……。とくに清正と幸長の死は、豊臣にとっては痛手であり、毒殺説が流れたこともあった。

　それにもう一つ、家康には見過ごしにすることができない勢力がある。それが天主教を信奉するキリシタンだ。戦《いくさ》になれば、西国《さいごく》大名に保護されたキリシタンが、大坂方に味方すると見ているはずだ。

　家康は遠からず、キリシタン禁制を全国に広めるのではないか。大久保長安の居所から、キリシタン大名とのつながりを示す連判状《れんぱんじょう》が発見されたと聞いた時、五郎八は、ごく自然に、家康はキリシタンを禁止するだろうと思った。

　五郎八にとっては、もともと夫の機嫌を取るために受けた洗礼である。棄教は容易《たやす》い。

　問題は夫の忠輝だった。

　家康に警戒されぬよう、棄教するのが望ましいが、忠輝の頑固な気性《きしょう》からすると簡単ではない。何しろ、祈りのための十字架《クルス》をいつも首にかけているほどなのだ。露骨に棄教を言い出せば、かえって意固地になって信仰を続けるにちがいない。

　じっくり方策を考えるのだ。五郎八は考えを巡らせながら、福島城に戻った。

「奥方様、お父上が……」

出迎えた奥女中は、嬉しい知らせを伝えてきた。父・政宗が江戸から仙台に向かう旅の途中で、越後に足を延ばしてきたという。

五郎八は小走りに広間に向かった。

「五郎八か。息災《そくさい》に暮らしているようだな」

竜虎の屏風《びょうぶ》を背にして座った政宗は、清々《すがすが》しい笑顔を見せた。涼しい左の隻《せき》眼《がん》、太い眉、精悍《せいかん》な顎《あご》まわり。四十七になった父の口元は笑みで緩んでいた。

「父上、お立ち寄りくださったのでございますね」

「五郎八の顔を見たくなった。もっと近くに座って、その可愛《かわい》い顔をよく見せよ。広い江戸でも、五郎八ほど美麗なおなごはついぞ見なかったぞ」

言われて、五郎八は膝をにじらせて前に進んだ。昔と違い、戯れ言を娘に語りかけるぐらいだから、昨今の政宗に心配事はないのだろう。

嫁《か》してから、会う機会がめっきり少なくなった政宗だが、自分も夫婦《めおと》の苦労を知るようになり、以前よりも父への親近感が湧いた。

「母上は、ご健勝でございますか」

江戸の伊達屋敷にいる愛姫は、越後に旅立つ五郎八を見送って、いつまでも佇《たたず》んでいた。あの姿を思い出しながら、見知らぬ越後府中の土地でも弱音《よわね》を吐かずに耐えてきた。

「母は変わりない。五郎八のことを気にかけていた」

政宗の顔に浮かんだ穏やかな安らぎを読み取り、二人の仲が睦《むつま》じい様子なのを感じて安堵《あんど》した。

「父上。お尋ねしたき儀がございます」

「どうした、改まって」

政宗は鷹揚《おうよう》な表情で、先を促す仕草を見せた。

「されば申し上げまする。当藩の御附家老《おつけがろう》の大久保殿の不正蓄財が露見し、一族にはきつい処分が下されたと聞き及びます。巷《ちまた》の噂によれば、わが夫にも厳しい沙汰が下るのは必定《ひつじょう》と耳にしておりますが、その後どのように相なりましたでしょうか」

「心配はいらぬ。大御所様からのお咎《とが》めはない。忠輝殿には近々、この福島城を廃して、高田の地に新たな城普請《しろぶしん》の命が下される手はずとなった。総奉行はこの俺だ」

えっ……。

新たな城普請。忠輝に新しい居城を造れ、ということか。

「この城は破却されるのでございますか」

身を乗り出すように五郎八はにじり寄った。

「そうだ。ここは水害が多いから、との仰せであった。表向きの理由はそういうことだ。実際は――」

普請を行わせて、財力を弱める。手伝いに駆り出される諸大名は、多額の金を使うことになる。財政は圧迫され、疲弊《ひへい》するだろう。その仕事ぶりを眺め、徳川家に対する忠誠心を測ろうというのが大御所の意図だ。政宗は小声でそう説明した。

「だから、ただ築城するだけでなく、街道を整備し、城下を建設して、大御所の想像を超える働きをするつもりだ」

「では、父上はこのまま越後にお住まいになるのでございますか」

「いや、こたびは仙台に戻る。築城に本腰を入れるのは、来年の三月からになろう。だが年内に城の外郭《がいかく》を造っておきたいので、その視察を兼ねてここへ参ったという次第だ」

直接咎めるのではなく、城普請を命じて財を減じさせるというのは、狡猾《こうかつ》な策略に思えた。やはり家康は一筋縄ではいかない。

そんな五郎八の懸念を感じ取ったのか、政宗の目に真剣な光が走って、それまで見せた笑みを打ち消してしまった。

「何か気がかりでもあるのか」

先刻考えていた今後の見通しを、五郎八は思い切って口にした。

「大久保殿の家には、キリシタン大名とのつながりを示す書状があったとのこと。今後、大御所様は、大坂の後ろ盾となりかねないキリシタンの排除に、全力を傾けるものと推量いたします。キリシタンでいれば、大御所様から警戒の目で見られることになりましょう。となれば、棄教するのが私の務めと存じまする。それだけでなく」

言葉を切って間《ま》を取った。庭の木々がざわざわと揺すられ、風が通り過ぎる音が微かに響いた。

「父上の口から、夫・忠輝殿に棄教を勧めてはいただけませぬか」

政宗は少しの間、沈黙した。驚いた、とつぶやく声が聞こえた。気を取り直すように五郎八を見据えた。

「そなたにとって、信仰は処世のための術《すべ》だったということか。なるほど……。五郎八が女に生まれたのが、重ね重ね惜しまれる。嫡男であれば、優れた領主になれただろうに」

「では、お口添えしていただけますか」

「そうはいかぬのだ」

予想に反して、政宗は言下に否定した。どこまで話せばいいのか、思案顔になると、声音《こわね》を低くした。

「宣教師《パードレ》のルイス・ソテロを仙台に呼び寄せ、領内での布教を許している。武家だけでなく、百姓町人らの中にもキリシタン信者は増えておる。南蛮の航海術や医術から学ぶことは多い。これは他言無用だが、あと二か月もすれば——」

あと二か月で何があるというのか。

「仙台で造らせている大船が、イスパニアに向けて出港する」

五郎八は驚いて目を瞠《みは》った。

「徳川家はそれを承知なのでございますか」

「むろん、知っておる。幕府の許可が下りなければ、船の建造など許されるはずもない。知っておるどころか、幕府から派遣された船大工も来ているのだ」

船は、長さ三十間《けん》、幅六間、三本の帆柱を備えたサン・ファン・バウティスタ号。乗組員は日本人が百五十人余り、南蛮人は四十人。

支倉六右衛門常長《はせくらろくえもんつねなが》を使節とし、イスパニア国王とローマ教皇に親書を届けるという。

「親書はイスパニアとの通商を依頼するものだが、その代わりに宣教師の派遣を認め、イスパニア船員の保護を約束するものとなっておる。だから、キリシタン棄教をこの俺が勧めるわけにはいかぬのだ」

愉快そうに言って、政宗は胸を張る。若き頃より周りをあっと言わせるのが好きだった。だが――。

「父上。船を派遣する目的は、本当に通商のためなのでございますか。五郎八は、徳川家と事を構えるためではないという、父上のお言葉を頂戴したいと存じます」

大船を建造して海を渡らせる。そう聞いて、五郎八は政宗の器量の大きさを改めて知った。巷では、たびたび政宗謀反の風説が流布《るふ》されるが、それもそのはずで、イスパニア国王と誼を通じるだけの才覚があるなら、噂どおりに天下取りの野心があるのかもしれぬと危惧したのだ。

政宗自身も、そういう目で見られているのは重々承知しているのだろう。笑い飛ばしながら、やがて落ち着いた口調で言った。

「大御所は思慮深い。そして天下泰平の道を歩もうとしている。このまま徳川家の世は盤石なものとなろう。伊達家は徳川家と深く結び付くことで栄えるのだ。五郎八を忠輝殿に嫁がせたのは、そのためではないか。余計な心配はしなくてよい」

「そのお言葉を聞いて、ひとまず安心いたしました。されど、まだ懸念は残ります」

政宗が南蛮とのつながりを強化しようとしている事実を知り、それが将軍家の意に沿うものか、やはり気になった。政宗は、海の向こうに大船を送るという壮大な計画に目を引かれるあまり、足元の落とし穴に注意を向けていない。

「昨今、キリシタンがらみの不祥事が立て続けに起きております。今後また、キリシタン大名の軽挙妄動《けいきょもうどう》が発覚すれば、より厳しい措置が取られるのではありますまいか」

「気にしすぎではないのか。イスパニア国王やローマ教皇と親交を結べば、その交易で大きな利を上げることも夢ではない。忠輝殿も南蛮との通商で、将軍家にも誇れるような手柄を挙げたがるだろう。面白くなるぞ」

そうであればよい。だが、大御所は残り少ない命が尽きるまでに、豊臣家になんらかの手を打っていくにちがいない。豊臣家の力を削いでいくためには、キリシタンが邪魔になるのではないか。キリシタンの不祥事が起きるたびに、警戒は強まるような気がする。

五郎八は、そんな不安をぬぐい切れなかった。

四

この年、慶長十八年（一六一三）十二月二十三日（陽暦翌年二月一日）――。

五郎八の懸念は、現実のものとなった。

それまで直轄地《ちょっかつち》に対して、教会の破壊と布教の禁止を命じた禁教令が出されていたが、徳川幕府はこれを全国に拡大したのだ。

あわせて家康は、以心崇伝《いしんすうでん》に命じて伴天連《バテレン》追放文を起草させ、秀忠の名で公布させた。これにより、天主教禁止の方針は明確になった。

キリシタン禁教。このことを伝え聞いた五郎八は、忠輝と向かい合った。

「とうとうキリシタンは禁教となりました。殿はいかがなさいますか」

「俺に、信仰をやめよ、と言うのか」

忠輝は微かに眉をひそめた。五郎八が何を言おうとしているのか、うすうす気づいているのだ。

「まずは、殿のお考えをお聞きしたいと存じます」

「兄上も宣教師には寛大だったではないか。しばしば引見《いんけん》していたし、側近たちも布教に尽力していた。キリシタン信者を増やしたのは兄上たちだぞ。今では信者がどれぐらいまで増えたか、わかっているのか。やすやすと禁教などできるものか」

将軍秀忠は家康と同様、最初は海外貿易のために天主教を黙認して、寛大な態度を示した。徳川家では、重臣の板倉勝重《かつしげ》、本多正純ですらこの布教に尽力した。その結果、キリシタン信者の数は七十万を超えるほど広まった。

だが、情勢は変わったのだ。

増えすぎたキリシタンが豊臣家と結合すれば、徳川にとって脅威となる。家康の最後の狙いは大坂の秀頼だ。その前にキリシタンを片付けておかねばならないのだ。

「では、棄教なさらないのですか」

五郎八の問いに、忠輝は沈黙した。逡巡《しゅんじゅん》があるのだ。忠輝の口が動いて、聞き取れない言葉を唱えた。おそらく最後の言葉は「アーメン」だったのだろうと、想像した。

忠輝の頰に安らかな色が走って、微かな笑みが浮かんだ。

「宣教師たちはこの国のだれよりも高い学識を身に付けている。それは明らかだ。医術、鉄砲の製造、鉱山の開発、造船術の心得……。どれをとっても優れている。天主様を信じれば、そうした奇蹟さえ可能になるのだぞ。棄教などするものか」

五郎八は困惑した。

父・政宗が宣教師のソテロを重用したのも、ソテロに同道した南蛮医が、奥老女《おとな》の病気を奇蹟のように回復させたからだと聞いている。たしかに宣教師には高い水準の知識があった。

忠輝は激しい気性に加えて、向上心が強く知識欲が旺盛《おうせい》だ。奇を好み、信仰に走るのは、そんなところに理由があった。

南蛮人の高い技術を否定するだけの説得力のある言葉を、五郎八はもち合わせていない。それが歯がゆい。五郎八に見通せるのは、人の行いと時勢の流れだけだ。

「宣教師の教える学問には敬意を表します。されど、馬廻役《うままわりやく》の者が弓をもって的を射抜くのを見た宣教師が、その技芸を奇蹟と呼んだのを聞いたことがございます。かの国とは嗜《たしな》みが違うだけで、それは霊力の類《たぐい》とは異なるものでございましょう。それに、鉱山や造船についてはすでに習得済み。信仰をやめても今後に支障はなかろうかと」

話しながら、自分は何を言っているのだろうと、五郎八は虚しかった。

信仰は理屈ではない。正体はわからないものの、人を超越する存在を信じる。その存在を肌で確信し畏敬《いけい》することで、心がすっとする。その感覚を五郎八も知っていた。自分の話は理屈に傾きすぎると自覚していた。

案の定《じょう》、これは人の道の問題なのだと、忠輝が息巻いた。

「そなたも知っておろう。三か月前、支倉六右衛門の使節が南蛮へと旅立った。送ったのは舅殿だぞ。ここでキリシタン禁止を認めれば、彼らは戻ってこられなくなるではないか」

五郎八は返答に窮《きゅう》した。自分たち二人だけが悩んでいるのではない。仙台藩ではこの事態にいかに対処するのかと、一瞬、父・政宗の姿を思い浮かべた。

しかし、このまま忠輝がキリシタンであり続ければ、大御所家康の不興を買う。

五郎八はなんとか視線を上げる。

「外様《とざま》の大名は大御所様の意を汲《く》み、今後、領内のキリシタンに棄教させることでしょう。建前だけでもよろしいのです。棄教を装っていただけませぬか」

忠輝がうつむいた。下を向いたものの、その頬は上気しているのが見て取れた。

「それは無理だ」

はっきりと言った。ほんのわずかな間に、五郎八と聖母を天秤にかけ、忠輝は聖母を優先したのだ。

ふいに五郎八の呼吸が浅くなった。自分は焦っているのだと思った。

「わかりました」

突き放すような声が、自然に口から漏れた。自分は今後、忠輝に棄教を促すことはないだろう、そんな気がした。


棄教を勧められないとすれば、自分にできることは何か。

五郎八はその後、幾日も考え続けた。

家康に認めてもらうには、命じられた城普請に全力を傾ける必要がある。言いつけどおりに工事を忠実に成し遂げて、幕府の覚えを良くするしかない。

五郎八は高田城築城に際して、仏式の安全祈願を盛大に行うよう強く忠輝に進言した。着工以後も普請の情報を集め、築造が進むたびに忠輝を褒《ほ》めてもち上げた。

そのせいというわけではないだろうが、普請は驚くべき速さで進んでいった。城下の整備には話がもち上がった頃から手を着け、慶長十九年（一六一四）の三月十五日に開始した城の工事は、七月には竣工した。

父・政宗と夫・忠輝が、全力を尽くして機敏に働いた結果である。将軍家が文句のつけようのない仕事ぶりだった。

「以心崇伝に築城の吉凶《きっきょう》を占わせて、言うとおりに従ったのはよかった。あれで、キリシタンを警戒する父上の意思を汲み取った形を示せたと思う」

忠輝は自画自賛して胸を張った。

以心崇伝は臨済宗《りんざいしゅう》の僧で家康の知恵袋。崇伝が新城普請に吉方と占った方角に、高田城は築かれた。伴天連追放文を起草したのは崇伝だから、崇伝の占いを守れば、棄教の見せかけになると考えたのだ。

一方、家康も着々と手はずを整えていた。

狙いは大坂の秀頼である。九月にキリシタンの追放を行った。高山右近《うこん》、内藤如安《じょあん》など豊臣恩顧のキリシタンをはじめとして、男女百人余りをルソン島に追放したのだ。

その報を受け、忠輝は嘆いた。

「高山右近は信仰のために地位を捨て、キリシタンを貫いた。見上げた男だ。そんな男を追放して何になるというのだ」

キリシタンの国外追放は序幕にすぎない。家康はいよいよ大坂の秀頼と雌雄を決するつもりだ。そうと気づいた五郎八は、身震いする思いで事態の推移を見つめた。

きっかけは方広寺《ほうこうじ》の梵鐘《ぼんしょう》の銘だった。家康は、「国家安康」「君臣豊楽」の文字が家康の諱《いみな》を割り、豊臣家の繁栄を願う謀略が隠されていると難癖をつける。

この事件を発端に、徳川方の軍勢十九万四千が大坂城を囲んだ。待ち受ける大坂方は牢人を集め、約十万の将兵で籠城した。

「歯がゆい戦だ。徳川一門の俺が、江戸に留め置かれるとは」

忠輝は江戸城留守居役を命じられた。大坂城には多くのキリシタンが入城している。そこへ、キリシタンの忠輝を参加させるわけにはいかないのだろう。五郎八は家康の考えをそう読んだ。戦えずに苛立つ夫を、なだめ続けた。

「殿。江戸城を任されるのは大御所様の信のある証《あか》し。公方《くぼう》様の居城を立派にお守りなさいませ」

「信などあるものか。父上が、生まれたばかりの俺を嫌った話は聞いておろう。俺が悪さをしないように、城に留め置くのであろうが」

「お言葉を返すようでございますが」

萎《しお》れた様子の夫を、五郎八は精一杯励まそうと声をかけた。

「生まれた子を一旦捨てて、すぐに拾うと丈夫に育つと言うではありませぬか。大御所様が殿を捨てさせたのは、言い伝えに従ったのに相違ありませぬ」

「いや、物心ついてからも、父上は弟たちのほうを何かと優遇した。俺は嫌われているのだ」

忠輝には、父・家康に対する葛藤がある。自分を認めてくれないという思いで、心を閉ざしていた。

棄教しないのも、そこに理由があるのかもしれない。

忠輝は口惜しい思いを感じるたびに、天主様への信仰を強めていく。天主様だけは、身分や立場の隔てなく万民を祝福するからだ。父親よりも大きな存在として、天主様を敬慕しているにちがいない。

「大野治長《はるなが》は、俺にも大坂方につけと誘ってきた。勝てば、俺に関八州《かんはっしゅう》をくれると言ってきた」

五郎八は言葉を失った。

世間では、忠輝をキリシタンの頭目とみる風説が流れているが、何といっても家康の息子だ。その息子に書状を送ってきたのなら、忠輝の不満を見越しているのかもしれない。

豊臣秀頼に味方すれば、徳川家の頂点に立てるぞ。兵を挙げて反旗を掲げよ。大野治長は、そんな誘いをかけたのではないのか。

五郎八は忠輝の真意を読もうと、表情に見入った。

見つめられた忠輝が返答した。

「豊臣が勝つものか。そうした書状はあちこちに送って誘ったに決まっておる。その結果はどうだ。福島も黒田も加藤も見限っているではないか。この戦、勝つのは徳川だ」

忠輝は笑い飛ばした。

忠輝がかつて秀頼に会ったことがあると、五郎八は聞き及んでいた。秀頼が右大臣に昇進した際、家康との会見は断られたものの、六男・忠輝との面会は許されたのだという。しかし、当時の秀頼は十三歳とまだ若く、一つ年上の忠輝も秀頼の人となりを十分には把握できなかったようだ。

秀頼を取り巻く状況は甘くない。豊臣恩顧の大名のうち、福島正則《まさのり》、黒田長政《ながまさ》、加藤嘉明《よしあき》らは江戸に留め置かれたが、大坂方には味方しなかった。

しかし、天下無双の大坂城は簡単には崩れなかった。

そこで家康は、戦いが長期化するのを避けるため講和を図り、秀頼とその母・淀《よど》殿《どの》の安全を保障するという条件のもとに和睦が成立した。この他に大坂城惣構《そうがまえ》、二の丸、三の丸の破却と濠埋め立てが合意されたのである。その結果、大坂城は丸裸となった。

ところが、籠城した牢人たちは、和睦後も城を去らず、さらに兵糧《ひょうろう》を買い付け、再軍備の動きを見せた。

家康が再び二条城に入ったのは、慶長二十年（一六一五）四月十八日。大坂方が牢人を集めたのを咎め、再び大坂城を攻めるためだった。

「五郎八よ、出陣だ。これは千載一遇の機会。必ず武功を挙げてくる」

「ご武運をお祈りいたしまする」

大坂夏の陣。

今回は忠輝も出陣を許された。

城の惣構だけでなく、本丸濠を残してすべての濠が埋め立てられていたため、大坂方は籠城を諦める以外にない。いきおい、城外に進出して野戦の陣を布《し》いた。

忠輝の率いる越後勢は大和《やまと》口から大坂城を目指した。といっても、大和口部隊の先陣は水野勝成《かつなり》、本多忠政《ただまさ》らであり、伊達政宗がそのあとに続いて、忠輝はその後陣だった。

　五月六日から七日にかけての戦いで、大坂方の後藤又兵衛《またべえ》や真田信繁《のぶしげ》たちは奮戦しながらも、次々に戦死した。

　大坂城は火に包まれ、豊臣秀頼と淀殿の自害によって豊臣家は滅亡した。

　先に帰還した兵たちの話に高田城は沸いた。五郎八は、後藤又兵衛を討ち取った伊達勢の武功を知った。身内である伊達勢の働きは、忠輝にとっても願ってもない話だ。

　五郎八は、緋色《ひいろ》に錦糸で彩った陣羽織姿の忠輝の帰還を待ちわびた。

五

「殿が斬ったのでございますか」

「斬ったのは花井主水《もんど》だが、命じたのは俺だ」

「それなのに、公方様に謝罪を入れなかったと仰せなのでございますね」

「あの男は、『主人でもない者に下馬する必要はない』と言い放ったのだぞ」

　忠輝が、大坂から高田に戻ったのは、夏の陣から三か月後のことだった。

　徳川家が戦後処理を行い、将卒たちに対する恩賞の吟味《ぎんみ》が長びいている。そんな心積もりで七月の下旬まで、五郎八は何の心配もなく暮らしていた。

将軍直参《じきさん》の旗本を斬った――。

忠輝から聞いた当初は、話に頭が追い付かなかった。驚きは数呼吸あとから胸に迫ってきた。

五郎八は、腰を一度浮かせて座り直した。

ただ事では済まない。忠輝が直参の旗本を手討ちにしたに等しい。

事件は、忠輝が越後勢を率いて大坂に向かう道中で起きたという。

近江《おうみ》の守山《もりやま》付近で、折から将軍直参の長坂信時《のぶとき》が、若党十五人ばかりを率いて大坂に向かっていた。道を急いでいたのか、越後勢に会釈《えしゃく》もせずに先駆けしようとしたのを忠輝が咎めた。

家老の花井主水が、「上総介《かずさのすけ》（忠輝）殿に断りもなく非礼である」と声をかけても下馬しなかったようだ。軍列を乱した無礼者。そう決め付けて、花井は長坂を斬り捨てた。

「向こうは名乗らなかったから、その時は相手が何者かわからなかったのだ」

忠輝は悪びれもせずに言い放った。

「旗本と判明してからでも、謝罪の意を示すべきでございました」

五郎八は自分の頬が強張るのを感じた。口がうまく回らない。謝罪以前に、そもそも大坂城での戦いを前に味方を斬るだろうか。危険人物と受け取られてもしかたのない所業だ。

「大御所様はお怒りではなかったのでございますか」

「戦の前にそんな話は出なかった。大坂城落城後は、恩賞の差配で忙しかったのだろう。どこからも、その件に関して声は上がらなかった。後日、兄上の不興を買ったことに気づいた次第だ」

旗本を斬ったのは、大坂城での戦いに向かう途中の出来事だ。公にすれば士気にかかわるので、伏せられたのだろう。相手が大御所の六男ともなれば、なおさらだ。

戦が終わった後、将軍秀忠が忠輝の不作法を捨て置かなかったことで、事件が調べられることになった。

忠輝は将軍秀忠の弟だが、将軍から見れば家臣にすぎない。家臣が直参の旗本を無礼討ちにすれば、将軍の威信にかけて見過ごせない。秀忠は温厚な性格だと言われているが、どのような処分が下されるのか見当がつかなかった。

「大御所様と公方様に逆らってはなりません。ご処分がはっきりするまで、身を慎むのがよかろうかと存じます」

「案ずるな。これしきの事で、弟の俺が咎めを受けるものか」

忠輝は一笑に付した。その目を五郎八はにらむように見つめた。取り返しがつかない恐れもあるのに、当人に自覚がない。忠輝が肉親の立場を強調しても、将軍秀忠や大御所に首を横に振られてしまえば終わりだ。

その日から五郎八は息を潜めるようにして、大御所の判断を待つことになった。

八月、旗本に直接手を下した家老の花井主水義雄《よしたけ》が、家康のいる駿府《すんぷ》まで呼び出された。当事者から話を聞いて詮議《せんぎ》するつもりだ。家康が問題を軽く見ていないのが伝わってくる。

駿府からの使者が高田までやって来たのは、九月だった。忠輝の処分が決まったのだ。

五郎八は、はらはらしながらその結果を待った。使者が帰ると、居ても立ってもいられずに忠輝の部屋を訪れた。

忠輝はすでに一人で飲んでいる。その飲み方の荒々しさを見て、嫌な予感がした。五郎八は声をかけ、そばに座った。

「勘当《かんどう》を申し付けられた」

気落ちした声で、忠輝がぼそっとつぶやいた。五郎八は耳を疑った。親子の縁を切るというのか。

「大御所様からでございますか」

「そうだ。兄上が俺の行状をいろいろと吹き込んだらしい。父上はもともと俺を疎んじていたからな」

忠輝はいつものような悔しさを表さない。むしろ、落ち着いて見えた。いや、予想外の成り行きに茫然自失《ぼうぜんじしつ》なのかもしれない。

「勘当というと、この城はどうなるのでございますか」

「城は徳川家のものだ。徳川との縁が切れれば、城には居られない。駿府からの使者は、武蔵深谷《むさしふかや》での謹慎を勧めておった」

そうするかな、と忠輝は自嘲気味に笑った。

深谷は松平家ゆかりの地。なじみのある地に戻りたいと思うのは、やはり動揺があるからだろう。五郎八は忠輝の不安を感じ取った。

五郎八には、家康の腹を推し量ることができた。

豊臣秀頼が消えた今、家康が望むのは徳川家の安泰だ。安泰のためには上下の秩序を厳格に維持し、全国の大名に対して将軍家の威信を示さなければならない。身内にさえ、強い態度を取るつもりなのだ。

忠輝が懐《ふところ》から笛を出して吹きはじめた。悲しい旋律が屋敷に響き、しばらく五郎八はその音色に心奪われた。音が途切れた時、忠輝が遠くを見つめる目で口を開いた。

「野風《のかぜ》と銘のある笛だ。最初の持ち主がだれなのか。聞いて驚くなよ。織田信長公だそうだ」

「まことでございますか」

忠輝の口の端が上がった。楽しむ風を装っている。

「信長公から太閤殿下に渡り、その後に父上のところに来たものだ」

では、天下人に継承される笛ではないか。

「その笛をどうなさったのですか」

「父上からの贈り物だ。勘当にあたって、手切れの品のつもりであろう」

そう言って、忠輝はまた笛を吹き出した。

手切れの品。絶縁の証しとして与えた餞別《せんべつ》なのだろうか。

いや、物が物だけに、手切れの品というのはしっくりこない。天下人の手を渡り歩いた大切な笛をなぜ、勘当する息子に与えたりするのだ。天下人としては忠輝を野放しにはできず、勘当せざるを得ないが、父親としてはその命にまで危険が及ばないよう、将軍秀忠を牽制する意味があるのではないか。最後に残ったそうした親の情が、家康に贈り物をさせたのではないか。

五郎八はそんな想念に囚われた。

「五郎八、俺と一緒に深谷に行ってはくれぬか」

気づけば、笛の音がやんでいた。

そうか、自分もこの城には居られなくなるのだった。勘当された夫が城を出て謹慎するというのに、妻の自分が城に残れるはずはない。

「おそらく、わが父が許さないでしょう」

自然に、その言葉が五郎八の口をついて出た。

あの家康のことだ。忠輝の勘当を決めたのであれば、自分の処遇については父・政宗にも配慮して、すでに手を打っているような気がした。

伊達家と徳川家をつなぐための輿入れ。それが二人の馴れ初めなら、忠輝勘当の後、両家の関係を維持するためには、家康も政宗も離縁を考えるにちがいない。

五郎八自身もまた、伊達家に迷惑がかかる行動は取れない。徳川の世にあって、徳川家から勘当された男についていけるはずがなかった。

「天主教の教えでは、婚姻した者同士は離縁できないのだ」

忠輝は、ぽつんとそう言った。そう言われて、五郎八は困惑した。信仰のために一緒にいてくれという誘いに、女としてやるせないものを感じたのだ。

男のほうも、口にしてはみたが、そのあとに続く言葉で五郎八の心をどう押したらいいのか、それがわからずに戸惑っているように見えた。

二人の間に、硬くぎこちない空気が流れた。

二人とも押し黙ったまま、時が過ぎていった。今まで傲慢《ごうまん》に思えるほど傍若無人《ぼうじゃくぶじん》に振る舞ってきた忠輝が、目の前の五郎八を気遣っているのがわかった。

五郎八の気持ちは動かない。思い切ってそれを言おうとした時に、忠輝が珍しく真剣な目で五郎八を見つめてきた。豪放磊落《ごうほうらいらく》な態度を取りがちな忠輝にしては、妙に真面目くさって見えた。

忠輝が盃の酒を一気に飲み干した。

「信仰を言い訳にしたのはよくなかった。本心を言うべきであろうな」

澄んだ瞳だった。子どものような瞳が、穏やかな顔の中に輝いていた。

「五郎八はいつも優しい。俺はこのまま五郎八を離したくはない。だから、一緒に深谷に行かぬか」

それだけ言うとまた酒を呷り、そう言わせたのは酒のせいだとばかりに少しだけ笑った。

五郎八は言うか言うまいか、迷っていた。頭では言ってはならぬと考えているが、忠輝が本心を見せてくれた以上、自分の口から本心が漏れ出すのを止めようもなかった。

「私は優しくなどありませぬ。父・政宗を気に掛ける母を見て育ちましたゆえ、常に伊達家の行く末ばかり考えております。勘当された殿について行くことは、伊達家のためになりませぬ」

忠輝の瞳孔《どうこう》が開いた。そのまま五郎八は続けた。

「自分でもしたたかな女と思います。ですが、殿がそんな女のことを本当に怒って、きっぱりと嫌いになってくれるのが、この場にふさわしい別れだと思います。私のことなど、お忘れください」

五郎八の本心を知った忠輝が心から憤《いきどお》り、怒りにまかせて自分を殴り付けたなら、それが一番よい別れかもしれないと思った。

だが、忠輝はそうしなかった。落ち着いた様子で笛を取り上げると、静かに唇に当てて奏ではじめた。あとにはただ安らかな音色だけが、夜の帳《とばり》に溶けていった。

六

勘当された忠輝は、武蔵の深谷で謹慎したが、その後、上野《こうずけ》の藤岡に移った。越後高田城を出た五郎八は、江戸の伊達屋敷でそのことを知った。

翌年の元和《げんな》二年（一六一六）一月、家康は駿府で鷹狩りのさなかに倒れ、病床の人となった。

知らせを受けた忠輝は駿府まで出向いて最後の対面を願ったが、聞き入れられなかった。そして四月十七日、家康はその生涯を閉じた。享年《きょうねん》七十五。豊臣家滅亡から一年に満たない死だった。

家康が薨去《こうきょ》してから三か月後の七月、将軍秀忠は忠輝を改易に処し、伊勢に配流とした。それにより、忠輝は一瞬で越後・川中島七十万石を失った。

表向きの理由には、大坂夏の陣に遅れたこと、病と称してお礼の参内《さんだい》を拒んだこと、家来が直参旗本を殺したことなどが挙げられた。そのどれを聞いても、五郎八には虚しさが残った。

最大の理由は忠輝がキリシタンだったからだ。

それが五郎八の見立てだ。

大坂の陣では、多くのキリシタンが豊臣方につくことが予想されたため、それがキリシタン禁止につながった。将軍秀忠が忠輝を改易にしたのは、豊臣家が滅びたとはいえ、キリシタンに好意的な忠輝を表舞台から引きずり下ろすためだ。徳川幕府としては、将軍の弟がキリシタンだったなどと公にはできない。その事実を秘匿《ひとく》し、大名統制に差し障りとなる邪魔者を隠蔽したのだ。

五郎八は、謹慎する忠輝の姿を思い浮かべた。

徳川家康の六男として七十万石もの権勢を誇ったことを考えると、忠輝にとって、改易は奈落に突き落とされるがごとき処遇だといえる。忠輝の急速な転落は、天主教を棄教できなかったことに起因するところが大きいが、近くで見ていた五郎八には、その一点で片付けてしまうことは到底できなかった。

往々にして、人は不安があると、さらに不安を生み出す行動を取ってしまう。忠輝は父・家康から疎外されたという不安を感じた時、その不安から逃れるために、家康に疎まれる行いに走るところがあった。幼い頃に父親から疎外されたという事実から、いつまでも逃れられずにいたのだ。

配流となって旅立つ時、忠輝は、江戸伊達屋敷の五郎八のもとに書状を送ってきた。五郎八はゆっくりと三行半《みくだりはん》の文面を読んだ。

——このたび離別候《そうろう》うえはいずこへの再嫁随意たるべきこと。

このたび離縁するので、このあとの再婚は思いのままになされよ。

忠輝からの離縁状だった。

五郎八は重苦しい思いで何度も読み返した。

キリシタンは離縁できない。にもかかわらず、忠輝はあえて離縁状を書いた。それは、五郎八に類が及ばないように、忠輝が気を利《き》かせたものだ。

離縁状を文箱《ふばこ》にしまった。これ以上、文面を見続けたら、離縁状を破り捨て忠輝のもとへ戻りたくなってしまう気がした。

一人だけで、酒の用意をした。御猪口《おちょこ》に酒を注ぎ、忠輝を思って一口飲んだ。

離縁状によって忠輝は、二つのものを離別したのだと思った。一つはむろん、五郎八だ。そしてもう一つ、自分の中にあった青臭さも捨て去ったのだろう。

五郎八は、酒を飲み干した。味もわからないまま、喉の奥へと流し込んだ。それは、十字架を首にかけた男の影を振り払うためだった。

＊　＊　＊

松平忠輝は二十五歳の若さで配流と決まり、伊勢の朝熊《あさま》に流された。朝熊で二年過ごした後、飛驒《ひだ》の高山に移されて八年間を暮らし、最後に信州諏訪《すわ》に流されて五十七年の時を重ねて生涯を閉じた。九十二歳で没しても、徳川家から罪を許されることはなかった。徳川宗家から赦免されたのは、その死から三百年後のことである。

忠輝と離別した五郎八姫は、江戸の伊達屋敷にしばらく留《とど》まったが、二十七歳で仙台に帰る。その後も独り身を通し、六十五歳で落飾《らくしょく》し、六十八歳で入寂《にゅうじゃく》した。現在の瑞巌寺《ずいがんじ》南の丘に廟所天麟院《びょうしょてんりんいん》がある。

鬼封じの光

真田家・阿梅《おうめ》

◇

襖《ふすま》を開けようとした時、部屋の中から男たちの話し声が聞こえた。

声音《こわね》は絞られている。だれかに聞かれるのを警戒しているようだ。聞き耳を立てていたわけではないが、阿梅《おうめ》は息の止まる思いがした。

「牢人たちは城を去るどころか、かえって数が増えているではないか。このままでは——」

淡々と語る声は、父・真田信繁《のぶしげ》のものだ。阿梅はほっとして、その場に座り込んだ。

「和睦《わぼく》は破れるであろう。約定《やくじよう》違反を徳川が咎《とが》めれば、再び戦《いくさ》になるぞ」

信繁の声は切迫していた。戦と聞いて、阿梅の胸にまた不安が宿った。

「そうなればもはや、われら豊臣方に勝ち目はない。事ここに至れば、いかなる形で終わらせるかが肝心なのだ」

なぜ戦になるのか、阿梅は不審に思った。

籠城した味方は、大坂城を守り通したはずだ。父・信繁が真田丸の攻防で徳川軍を大敗させ、敵に大きな損害を与えた。その結果、徳川が和睦を望み、秀頼《ひでより》公の知《ち》行《ぎょう》を安堵《あんど》すると約束した。籠城した者たちが勝ち戦に沸き立ってから、まだ半年程しか経っていない。

大坂城本丸御殿――。

阿梅は、かくれんぼで隠れた妹たちを探していた。広い御殿を歩き回って、この部屋にたどり着いた。

その部屋に父がいると知っていたわけではない。思いがけず密談に出くわし、息を殺して襖の前で固まった。そのまま、そっと耳をそばだてた。

「半年前、われらは二十万の敵を相手に凌《しの》ぎ切ったというのに……。うまくいきませんな」

もう一人の声は、父の家来筋の三井景国《かげくに》のものだ。真田家に従って九度山《くどやま》で謹慎を続けた者で、阿梅とも気心が知れている。

「そういえば、ばかげた話を聞いた。徳川方の中には、先の戦いは勝ち戦だったと本気で思っている者がいるらしい。和睦の条件に、外濠《そとぼり》や内濠《うちぼり》の埋め立てがあるのは、徳川が和議を優位に進めた結果だと吹聴《ふいちょう》しておるとか」

苦々しさのせいか、信繁の声は少し大きくなった。それを受けた景国も、なじるように言葉を継いだ。

「濠を埋めさせたのは、負け戦の体面を保とうとする内府《ないふ》の面子《メンツ》を立てたのでしたな。和睦のおかげで豊臣家は大坂城を安堵され、淀殿《よどどの》を人質に送らずとも済みました。起請文《きしょうもん》を得てしまえば、こちらのもの。名を捨てて実《じつ》を取ることができました」

真田昌幸《まさゆき》・信繁親子は、天下分け目の合戦で徳川に負けたために九度山に幽閉された。その後、徳川家康（内府）が幕府を開いて十二年余り経つ。まだ十二の阿梅でも、その経緯《いきさつ》をうすうす聞いている。太閤《たいこう》秀吉の遺児・秀頼が徳川家と戦うことになった半年前、信繁は豊臣方に味方して大坂城に入った。

「城を守り切ったことで、真田の武勇を世に示せた。真田丸の空濠に侵入した敵兵には、いやというほど銃弾を浴びせたからな」

「さすがは太閤殿下の造った大坂城でした。二十万の徳川方に包囲されても、城内への侵入を許しませんでした。徳川があのまま張陣《ちょうじん》を続けたとしたら、寒さと兵《ひょう》糧《ろう》不足で寝返る将も増えたでしょうな」

大坂城を居城とする豊臣秀吉の遺児・秀頼。その存在は、徳川幕府にとって脅威だった。とりわけ高齢の大御所家康は、徳川家の安泰のために、豊臣家を徳川将軍の体制下に組み入れようと必死だった。

だが、太閤秀吉の遺命により、秀頼が十五歳になったら天下を渡す約束がある。秀頼は、秀吉恩顧《おんこ》の大名たちに大坂に味方するよう書状を送り、また諸国の牢人たちを集めて迎え討つ準備を進めた。

　両軍の間で戦が始まると、家康は大坂城を正面から破る攻撃を早々に諦めた。遠距離から大筒《おおづつ》を撃って鉄製の砲弾を飛ばし、四方から穴を掘って侵入をはかる戦術を見せつけた。

「接近戦ではこちらの優勢と見て、徳川は動揺を誘う作戦に切り替えたわけですな」

　阿梅は家族とともに大坂城内に在《あ》った。母、嫡男・大助《だいすけ》、次男・大八《だいはち》の他、姉や妹も一緒だった。

　天守から見た徳川勢は、雲霞《うんか》のごとくに城を取り囲んでいた。寄せ手を迎え討つ味方は、鉄砲や弓矢を撃ち続け、徳川方の侵入を拒んだ。

「徳川も和睦以外に手段がなかったのだ。おかげで、こちらの主だった条件を通すことができた。豊臣家は大坂城に安堵。誓詞《せいし》を得たことで争いは終わる手はずだったが――」

　そこまで言うと、父は大きな嘆息をついた。まるで勝ち戦を不都合とみなすかのように。

　阿梅は、父が嘆く意味を理解しかねた。勝って何が悪いのか。

「想定外だった。まさか、牢人たちが城に留《とど》まるとはな」

牢人――。阿梅は胸の中でつぶやいた。

大坂城には、主人のいない武士たちが数多く集まっていた。そうした牢人は戦いが終わっても小屋掛けをして、今も城内に居座り続けている。普段何気なく目にしている牢人たちが、なぜ懸念となるのか。

父の抱える不安を、景国は理解しているようだった。そのうえで、むしろ牢人たちに同情する言い方をした。

「戦が終わっても、牢人たちを召し抱えてくれる大名がおりませぬ。上様からも召し放ちとされ、行き場を無くしております。彼らが城を去らないのも、無理なきことかと」

「徳川は、牢人の召し放ちという条件にはこだわった。知行安堵は了承したが、刃向かう手立てはすべて消しておくつもりだったのであろう。城の土塁や濠、しかり。兵力となる牢人ども、しかり」

父・信繁は、徳川家康の人となりについても話した。父のそんな話を聞いたことがなかった。まるで身近な親戚について語るような口調だった。

「やつはあれで、臆病なのだ。勇猛とは言いがたい。恐怖心から知恵を絞り、工夫をしてくる。それがよい結果になって出た。さすがに、牢人が去るはずはないと見越して、牢人の召し放ちを条件にしたとは思えぬが……」

「城に集まりし牢人たちは、いくら命じても、城を去ることはないでしょうな」

「去るはずがない。考えることは皆同じだ」

徳川の世となり、関ケ原合戦に敗れた大名家の家臣で、働き口を失った者が世間に溢れていた。彼らは命懸けで大坂城を守ったが、その働きにふさわしい見返りはなかった。

豊臣家の領国は摂津《せっつ》、河内《かわち》、和泉《いずみ》。その年貢米だけで、十万に近い牢人たちを召し抱えるのは無理な話だった。徳川の領土を切り取らないかぎり、糧食は得られないわけだ。

「だから、一か八かの再戦に望みを託すようになる。城のあちこちで、談合する者どもの姿を見かけただろう。手の者を放って盗み聞きさせたが、どれも徳川との戦の話ばかりだった」

牢人たちの統率は、父でも手に余るようだ。

「かといって、むげに追い出すわけにはいきませんな」

「言わずもがな、だな」

「されば、和睦の約定違背は避けられませんな」

阿梅にも、うすうすわかった。勝ち戦に浮かれている場合ではなかったのだ。味方の牢人たちを追い出すことはできず、そうかといって城に居座るのを見過ごせば、徳川との和睦の約定に違反することになる。

「もう一度、戦って徳川に勝てますか」

絞り出すような声で、景国が尋ねた。信繁はすかさず答えた。

「勝てぬ、な。土塁も濠もない裸城で何ができる。それに向後《こうご》は、和睦にも持ち込めぬ。打開策のない牢人の処遇が和睦の壁となる」

しばらくの間、二人が押し黙った。

「今のうちに逃げ出しますか」

景国の問いは、阿梅の思いと同じものだった。今のうちに城を出てしまえばいいではないか。

「関ケ原の合戦で西軍に味方して敗れ、九度山に配流となった。以来、雌伏《しふく》十五年。その間、父は死に、郎党にはつらい生活を強いた。このたび大坂で将として迎えられたのは、本懐だと思っている。次の戦いでは、討死《うちじに》してその恩に応える」

阿梅は驚愕《きょうがく》した。頭の中が真っ白になる。

「ですが、殿がただで死ぬとは思えませんな」

父の覚悟を聞いた景国は、思いとどまらせる言葉を口にするでもなく、むしろ促《うなが》すかのような受け答えをした。

よいか、と信繁が間《ま》を取った。

「真田の武勇を天下に示す。生き残るよりも死にざまが鍵となる。すでに徳川の世は決まった。生きながらえて、家の衰えを見るよりも――」

穏やかな陽気の中、御殿の中には眩《まばゆ》い光が射し込み、襖に貼られた金箔を輝かせている。

「死んで武名を残し、真田の繁栄を後進に託す」

「お子たちのことでございますな」

「そうだ。名を轟《とどろ》かせれば、その武名にあやかって、わが子たちの面倒を見る家も現れてこよう」

「死んで武名を残し、後事を遺児に託すと……」

「そういうことだ」

「大助様はいかがなさりまする」

その名を聞くだけで、阿梅の胸には兄への敬慕の念が湧き上がる。

大助は齢《よわい》十五になる真田家の嫡男。半年前の冬の陣では信繁に従い、徳川相手に初陣《ういじん》を経験したばかりだ。

「兄者が敵となって徳川方にいる。それゆえ、この俺も徳川に内応するのではないかと、城内の味方から疑われる始末だ。大助は上様のおそばに置く他あるまい」

父には兄の信之《のぶゆき》がいる。関ケ原の戦いの折、東軍と西軍のいずれが勝っても、真田家が生き延びるようにと、兄弟は敵味方に分かれて戦った。

徳川の世となり、信之が継いだ真田宗家は信濃《しなの》上田を治めている。これは真田兄弟の狙いどおりだったのだが、そうした複雑な関係から、城内の者たちを自然に威服させるまでには、信繁は信用されていないのだという。

「要は、人質ということでございますな」

「いかにも、な」

「不憫《ふびん》でございますな」

阿梅は信じられぬ思いがした。父は嫡男の大助を人質同然に預けたままで、なおかつ豊臣のために命を捨てる気でいるのだ。

「では、残りのお子たちを……」

景国の声のその先が聞こえない。話が自分たちの身の上に及んだので、阿梅はいっそう襖に顔を近づけて耳を凝らした。

が、部屋の中の音が消えている。

突然、勢いよく襖が開けられた。

阿梅は瞬時に反応して顔を上げた。目の前には、父・信繁が立っている。

不審を感じた信繁が、気配を察して襖を両手で開け放ったのだ。

「阿梅か。聞いておったな」

阿梅は黙ってうなずいた。

視線を父の顔に向けた。達観した顔だ。死を覚悟しながら、どうしたらこんなに清々《すがすが》しい顔をしていられるのだろう。

九度山に残っていれば、平穏に暮らすこともできたはずなのに、豊臣家に義理立てして死ぬことに迷いはないのか。

「泣くことはあるまい。とにかく、そなたも入れ。これより申し付けることがある」

信繁は辺りを見回しながら阿梅を促した。

袖で涙を拭きながら、阿梅は足元のおぼつかないまま、部屋に入った。景国が微《ほほ》笑《え》みながら見つめているのが視界に入った。

「よいか。次に徳川との戦いになった時、そなたは――」

父の言いつけは、微《び》に入り細《さい》を穿《うが》つ内容だった。阿梅は涙と汗をぬぐいながら、必死に頭の中に刻み込んだ。

「世迷言《よまいごと》に聞こえるか」

父の問いに、阿梅は慌てて首を横に振った。

「ならばよい。しかと覚えたな」

父の最後の言葉が終わった時、阿梅は「おうう、おうう」と、教えられた地名を口の中で繰り返した。

一

「山を越えれば、敵が待ち伏せていよう。よいか、明日の一戦にあっては――」

昨夜、軍議が始まった直後に、主《あるじ》・伊達政宗が各将を前に言い放った言葉である。

「みだりに武功を立てずに、お飾りのごとくに布陣しておればよい。功名は先鋒大将の水野に譲れ」

主命に逆らうことはできない。が、片倉小十郎重綱《かたくらこじゅうろうしげつな》は得心がいかなかった。

冬に交わされた和睦の後、大坂方は城内の牢人を放逐せずに、かえってその人数を増やす暴挙に出た。徳川方はこれを咎め、再び豊臣家との間に戦端を開く流れとなった。

その大事な一戦において、わが伊達家は戦う気勢を形だけ示しながら、実際には控えていろという。

政宗は、自信に満ちた口調で理由を説明した。

「大御所の古希《こき》を祝ってから、もう三年になる。大御所がここに至って思いを馳せるとすれば、自分亡きあとの徳川の天下の行く末であろう。必ずや徳川直臣《じきしん》の手柄を望んでおり、外様《とざま》に武功を立てさせたくはないはずだ」

この戦で徳川方の負けはない。大坂城の外濠は埋まり、二の丸・三の丸の内濠や塀まで平地《ひらち》にされている。大坂方に半年前の防御力などありはしない。

その結果、大御所家康の関心は、この一戦でいかにして徳川家の権威を確立させるか、の一点となった。

だから、外様の伊達家は控え目に戦うのが、その意に適《かな》うのだという。

「構えて突出してはならぬ。諸将はすべからく馬を後方に控えさせ、ゆるりと敵に向かえ。このこと、肝《きも》に銘じよ」

すでに天下の趨勢《すうせい》は定まっている。徳川方の大名は忠誠心を疑われまいと必死だ。伊達家もその例に漏れない。それはわかっているのだが。

今、重綱は、道明寺《どうみょうじ》に向かう大和路《やまとじ》方面軍の一員として陣を構えていた。昨夜の軍議を思い起こすたびに、苛立ちを抑えきれない。

馬の腹を踵《かかと》で軽く蹴って走らせ、すぐに手綱《たづな》を引いて反対方向に向ける。先刻から馬に乗って気を紛らせようとしたが、少しも落ち着かない。

かつて群雄割拠した奥州《おうしゅう》にあって、伊達家は力で他家を打ち負かし、広大な地を所領とした。その数々の戦いで一番の武功を挙げたのは、父・小十郎景綱《かげつな》の率いた片倉家であった。

ここのところ病床にある景綱に代わり、当主として片倉家を先導してきたのが、嫡男の重綱である。

父に並ぶ武功を示さなければ、小十郎の名を踏襲した意味がない。重綱はそう思っていた。

そのため地元の白石《しろいし》では、焦りにも似た思いで鉄砲組を指揮して射撃の教練を重ねた。弓矢や槍《やり》といった武器から、より威力のある鉄砲を中心に部隊を編成し、軍事力の増強に努めたのだ。

父が率いた片倉隊に比べても、はるかに強力な戦闘集団に成長させたという自負がある。

それなのに、どういうことだ。武功を挙げられないのなら、鍛錬の歳月が無駄になる。伊達家を支える諸将はそろいもそろって、なぜ異を唱えなかったのか。

わざわざ畿内《きない》まで遠征してきた挙句に、傍観していろとは。

重綱は、先鋒の水野隊が布陣する方角をにらみつけた。

辺りは朝霧が立ち込めていて、視界がきかない。見通しの悪い外界と一体となるかのように気は塞《ふさ》いだ。

と、前方から馬の蹄《ひづめ》の音が近づいてきた。目の前に現れたのは、物見に出た斥候《せっこう》だった。

「小松山の頂上に敵将後藤又兵衛《またべえ》の馬標《うまじるし》あり。総勢三千程」

駆け寄ると、状況を伝えてきた。

大和から河内へと峠越えを敢行した大和路方面軍の西方には、丘陵《きゅうりょう》地帯が広がっている。その丘陵の片山村に接した小高い丘が小松山だと教えられた。

小松山を押さえた後藤又兵衛は、豊臣方の有力武将。朝鮮出兵で軍功を挙げ、関ケ原の戦いでも名を馳せた。だが、兵力が三千程だと聞いて意外な気がした。

その数の少なさに驚いたのだ。

「後続もいないというのか」

重綱は釈然としなかった。三千では相手にならない。

大和路から河内に向かった徳川方の兵力だけでも、三万五千。

先鋒大将水野勝成《かつなり》の軍がおよそ四千、それに続く本多忠政《ただまさ》の五千、松平忠明《ただあきら》の四千、後衛には重綱が属する伊達政宗の一万。さらにその後ろには松平忠輝《ただてる》一万二千が控えている。

その多すぎる兵のために進退に窮《きゅう》し、いまだ最後尾は大和に留まっているはずだ。

戦力の多寡《たか》を比較している間に、先刻の重綱の怒りは、いつの間にか消え失せていた。

これだけの兵力差があるなら、わら人形のように、じっと後方に控えるのが正しいように思えたのだ。

水野勝成は大御所家康の実母の実家の出であり、家康とは従兄弟《いとこ》にあたる。家康が水野の手柄を望んでいるなら、水野に任せるだけで事は済む。

荒ぶるはずの戦場を前にして、重綱の心は冷めていった。

敵が寡兵《かへい》だということを、政宗も知ったのだろう。新たな伝令が届いた。

片倉隊は水野隊の後方支援に徹せよ、との指示である。濃霧の中で迂闊《うかつ》に動いては味方を撃つ恐れがあるので、部隊の勇み足を厳しく戒めていた。伝令の知らせを受けて、重綱は鉄砲三百挺、弓百張、槍二百本の兵力で、先鋒水野隊の後方に控えた。

霧はまだ晴れない。丘の上には、おぼろげに黒具足の敵兵の陣容が見える。後藤又兵衛は高所に陣取って地の利を得てはいるが、鉄砲隊で囲めば苦もなく殲滅《せんめつ》できそうだった。

霧の向こうを見つめていると、はるか前方から射撃の音が轟いた。

「水野の探索射撃だ」

重綱は味方陣営に告げた。敵に向かって射撃をさせ、相手がそれに応じて撃ち返す音を聞き、敵の兵力と伏兵の有無を確かめる。

耳を澄ませて敵の反応を待ったが、小松山に陣取る後藤又兵衛隊からは応射がない。

「敵に鉄砲の備えはないのかも……」

横で味方の訝《いぶか》しがる声が聞こえた。

「あるいは、よほど肝が太いのか」

独り言のように、重綱はささやいた。

いずれにせよ、水野は兵力にものを言わせて、銃撃しながら敵を追い落としにかかるだろう。

しばらくすると、予想どおりの鉄砲音が戦場に響いた。猛烈な射撃音である。

まず敵を錯乱させ、それと同時に鉄砲隊や弓隊が併進《へいしん》して飛び道具で攻撃した後、あとから槍足軽が突撃していく攻撃だ。

水野隊は、後藤隊に鉄砲なしと見て、山頂に向かって押し寄せて行った。そのあとに本多隊が続く。

前方の動きに合わせて、重綱も片倉隊を前に押し出す。見通しの悪い中で誤射を避けるため、できるだけゆっくりと進んだ。

いつの間にか、微かな風が吹いている。霧が薄くなった刹那《せつな》、後藤隊の黒い甲《かつ》冑《ちゅう》の群れが動くのが見えた。

　後藤隊は山頂の陣を守ろうとはしなかった。

　水野隊が小松山を登ってくるのを見定めると、初めて鉄砲を撃ち放ち、下り坂を利用して積極的に攻撃に出た。兵力を二つに分け、一部が槍をそろえて山頂付近から駆け下りて来る。

　水野隊は勾配《こうばい》のために支えきれず、勢いに押されてたちまち槍を突き立てられた。先手組は壊乱。その機に乗じて、三百人程の黒いかたまりが水野隊の本営にまで襲い掛かっている。

　砂煙が上がり、味方が次々に追い立てられていく。小松山の中腹にはまだ、残りの後藤隊が無傷で残っている。

「敵の突撃隊は、わずか三百程の兵ではないか」

　水野隊の劣勢を見ながら、重綱は吐き捨てるように言った。

　先鋒大将の肩書のわりに戦下手《いくさべた》か。水野隊は数を頼んで覚悟が足りない。その油断から後《おく》れを取っている。対する敵の突撃隊は、孤軍になるのを恐れず、玉砕《ぎょくさい》覚悟で果敢に攻めていた。

　重綱の対応は早かった。前方で戦う徳川方の助勢のため、丘陵に沿って南から前進した。水野隊本隊を攻撃する敵の側面から、鉄砲組を指揮して銃弾を浴びせた。

その射撃音に促されるように、後藤勢は伊達軍に狙いを定めたようだ。後続部隊が下りてきて味方を回収すると、新手が突撃を繰り返してくる。

これに呼応して、重綱も鉄砲組と弓組で猛攻を仕掛けた。

激戦――。戦闘は長時間に及んだ。

だが、昼頃になると兵力の差が現れはじめた。暑さによる疲労で、少人数の後藤勢はしだいに田んぼの中で動けなくなる。片倉隊の鉄砲組は、立ち止まった敵兵を狙い撃った。

やがて、後藤勢は総崩れになる。

「後藤又兵衛の馬標が見えなくなりました。討死かと」

「よし、負傷者を回収したら、前進せよ」

徳川軍は、逃げる後藤勢を追撃しようと道明寺の方角に向かった。片倉隊もその中にいた。

深田では傷を負った敵兵に駆け寄り、首争いをしながら敵兵の首を掻き切る光景が広がっている。その様子を横目で見ながら前に進んでいると、一人の伝令が重綱に駆け寄った。

「前方に敵。後続部隊が現れた模様」

伝令とほぼ同時に、はるか前方で銃声が鳴り響いた。銃撃音の大きさから、後藤勢よりは大規模な軍だとわかる。

敵は霧のせいで、後続が遅れたのか。

重綱は胸をなでおろした。

味方は先刻の勝利で士気が上がっている。このまま多勢で押し切れば、おのずと有利な戦いとなる。

ただ、戦い続けた片倉隊は、伊達軍主力とともに後方に控えることにした。

遮蔽物《しゃへいぶつ》が多い場所を避けるのは鉄砲攻撃における常套《じょうとう》手段だが、今いる場所は林が多かったのだ。木々が多いだけに弾除《たまよ》けに使われれば、片倉隊鉄砲組の破壊力は低下する。

土地に詳しい者に聞くと、この辺りは誉田《こんだ》の林と呼ばれ、松林が散在しているという。

道明寺に向かった水野隊、本多隊とは別に、伊達軍一万は誉田の林の後方に、一万の軍勢をそろえた。

続報は次々に入ってくる。

「前方から真田勢。およそ三千」

重綱の周りで数人が前方を注視している。赤備えの軍団が到着したのを知り、伊達軍に緊張が走る。皆、武具を検《あらた》めるのに余念がない。

真田隊――。率いるのは真田信繁である。

半年前の冬の陣で、信繁は大坂城の南東の小山に濠と砦《とりで》を築き上げ、真田丸と称して立てこもった。そして松平忠直《ただなお》と前田利常《としつね》の軍をさんざんに打ち負かしている。

真田隊が出てきたとなると、むずかしい戦になる。だれもがそう思った。

敵は木々の合間を縫って、獣のような素早さで距離を縮めてきた。噂どおり、迫る真田兵の動きは素早かった。

「来るぞ」

松林が邪魔だ。一瞬、嫌な予感がよぎる。だが、即座に振り払った。すぐさま味方の騎馬隊に合図を送り、討って出た。

「騎馬隊。前に出て、間合いを詰めろ」

騎馬隊は、武家の次男三男のうち、気概ある者ばかりで組織した精鋭部隊である。

まず、鉄砲を持つ騎馬兵が突撃する。敵が射程に入った瞬間に、馬上から一斉射撃を行いつつ活路を開く。敵が取り乱したところを、長槍を持つ騎馬兵が直ちに乗り込んで駆け散らす。

それは騎馬鉄砲と呼ばれる戦法だった。この攻撃で混乱しない敵はいないはずだった。

鉄砲の炸裂音《さくれつおん》が耳をつんざく。霧とは別の青白い煙が周囲に立ち込める。

伊達軍の猛攻撃によって、真田隊の多くが倒れた。重綱は散った兵を集めて一か所にまとめると、大声を上げた。

「隊列を組め。弾込め急げ」

馬に鞭《むち》を入れ、再び騎馬鉄砲による攻撃を敢行した。

その時、真田勢の異様な動きが目に入った。

真田兵は多くが下馬し、槍を構えて地に折り敷いていたのだ。だが、気づいた時には遅い。勢いに乗った騎馬隊は止められない。

真田勢は松の木を盾にして一斉射撃を折敷きの姿勢で耐え忍ぶと、いきなり立ち上がって喚声を上げた。両軍が接近したところで、真田の将卒一体となって押し寄せてきた。

「うおおお」

陣太鼓が鳴り、鬨《とき》の声を上げ、赤い集団が動き回る。

その気勢に押されて、味方はたちまち崩れた。陣形が乱れたまま、不利な白兵戦となった。

「退くな。踏みとどまれ」

重綱は大声で味方を叱咤《しった》する。それを見た真田の騎馬兵が、重綱めがけて突進してきた。

重綱は槍を構えて、相手の目を見た。恐れがなく、気が高ぶっている。いや、高ぶりのあまり、真っ直ぐ一点しか見えていない。

とっさに馬腹を蹴って、敵の騎馬の脇を抜け、すれ違いざまに相手の首の辺りをめがけて槍を横に払う。敵兵が落馬した音を背後に残し、迫る次の敵に向かう。

重綱は、足元に近寄る足軽の頭をめがけて槍を振り下ろした。味方の騎馬が敵兵に囲まれているのを目にして、槍を振り回しながら追い払う。

だが、真田勢の戦闘意欲は旺盛《おうせい》だった。味方の騎馬武者も次々に討ち取られてゆく。重綱は自ら槍で奮戦したが、味方は総崩れとなって七、八町程も後退した。

そこに伊達政宗の本隊がいた。本隊は、いまだ無傷であった。重綱の片倉隊は本隊に吸収され、そこで真田の進撃は止まった。

そのまま伊達本隊が押していくと、今度は真田勢が退却を始める。だが、松林に身を隠すと、すぐさま政宗の本営を目指して突撃隊が攻撃を仕掛けて来る。

木盾を並べた陣形でこれをはね返し、伊達軍が食い止める。そんな戦いが続き、一進一退の状況となった。

重綱は、返り血をぬぐうことなく臍《ほぞ》を噛んだ。

「あれが赤備えか」

さすがは真田だ。やすやすと勝たせてはくれない。騎馬鉄砲を破られた重綱の衝撃は大きかった。

折敷きの姿勢で銃撃を耐え忍ぶなど、半端な心胆《しんたん》でできることではない。すべての真田兵が、大将の信繁を信頼している証《あか》しであった。統率する真田信繁の采配は見事といえる。

いや、味方にも油断があったのだ。最初から勝つ戦いだと信じて疑わなかった。命のやり取りをする戦において、勝つ前提で戦うなど、愚かにもほどがある。真田は、その慢心を見逃さなかった。

気が付くと、陽が傾きかけていた。

両軍の死者は数百人に及んでいる。真田は丘陵に兵を引き取り、大坂に退却の構えを見せている。しんがりの鉄砲組が、こちらに銃口を向けていた。

「構うな。行かせよ」

政宗の下知《げじ》は、これ以上の損害を避けるために追うな、という内容だった。

伊達軍は一万の兵力で、三千の真田軍を倒せなかった。その事実を、重綱は受け入れられずにいた。

たとえ倒せずとも、倒そうと向かっていく気概を捨ててはならぬ。

悠々と帰還しようとする真田軍を見て、槍を持つ重綱の手に力が入った。

二

同じ時、真田左衛門佐《さえもんのすけ》信繁は、わずかに離れた小高い丘の上から敵軍を眺望していた。

道明寺村から石川沿いに、さらに国分の丘陵などにも、びっしりと徳川軍の旗が翻《ひるがえ》っている。

そろそろ日が暮れる。信繁は、大坂方の負傷兵をまとめて城に退却しようと考えていた。後藤隊は総崩れになったが、後続の毛利勝永《かつなが》と信繁の部隊が巻き返した。今が潮時だ。

そこへ、配下の青野官兵衛が馬を寄せてきた。沈痛な表情で耳打ちする。

「殿、木村殿も討死でござる」

「そうか」

木村重成《しげなり》は若江《わかえ》村で、河内路を進んできた徳川軍と衝突した。藤堂、井伊らの軍と激戦となり、その激闘の中で戦死したという。

八尾村で長宗我部《ちょうそかべ》盛親《もりちか》隊が壊滅したとの知らせは、それ以前に届いていたので、このままでは退路を断たれて敵中に孤立する恐れがあった。

「退《の》き陣を布《し》け」

信繁は全軍に下知した。だが、自分は馬上にあって、なお敵軍をにらみつける。最初《はな》からしんがりを引き受ける気でいた。最後までこの丘に残るつもりだ。

道明寺付近にいる味方の兵を先に逃がしつつ、真田軍は最後尾から退却する。

信繁は、振り返ってもう一度戦場を俯瞰《ふかん》した。

この場所だけで数万はいるか。

だが徳川軍のどの隊も、引き返す大坂方の兵を追撃する素振りを見せない。掲げる旗幟《きし》に動きは見えなかった。

信繁は敵の様相に、軽い驚きを覚えた。

「関東勢は万《よろず》の兵力を備えて、追って来る者が一人もいないのか」

「男がいないのでございましょう」

青野が同意するかのように、嘲《あざけ》りの笑い声を上げた。思わず、つられて苦笑する。

数において圧倒する敵が考えそうなことは、信繁もわかる。命が惜しいのだ。大差をつけた兵力の差から、徳川軍の最終的な勝利は揺るがない。どうせ勝つのなら、ここで死ねば無駄死にになる。根っこにそうした感情があるから追撃しようとしない。

そうとわかって、信繁は真田隊全軍を鼓舞した。

「負傷者を運ぶには都合がよい。ゆるゆると城へ帰るぞ」

半年前の冬、真田は関東勢をさんざんに苦しめて武名を轟かせた。そして今日の戦闘でも、伊達勢を押し返して武勇を示した。

大軍を相手に寡兵で対等にわたり合った真田軍の恐ろしさは、敵の身に染《し》みたことだろう。凱旋《がいせん》するかのように意気揚々と馬首を大坂城に向け、鞭を手にしたその時。

「真田左衛門佐」

後方に叫び声を聞いた気がした。距離があって判然としないが、たしかに自分の名が呼ばれた気がする。

信繁は敵方に注意を向け、馬上で耳を澄ませた。

「真田左衛門佐――」

間違いない。風に乗った声がはっきりと聞こえた。

馬首をもう一度返し、丘から見下ろすと、単騎の敵が追走して来る。

その様子を見て真田隊は即座に対応した。

鉄砲組が横に広がって木盾を巡らし、陣形を整えた。近くに隠れているかもしれない敵の伏兵に備える防御態勢である。木盾の間から銃撃の構えをとった。

だが、黒鎧の騎馬武者は構わずに真っ直ぐ突進して来る。死ぬ気なのだろう、と真田隊のだれもが思った。

黒鎧の騎馬武者は、木盾を並べた陣の二十間《けん》向こうで馬を急停止させた。手にする武器は長槍一本。兜には、上弦《じょうげん》の月をあしらったかのような前立《まえだて》に神符《しんぷ》が添えられている。

黒鎧はいくつもの銃口を向けられたまま、空を仰いで大音声《だいおんじょう》を上げた。

「真田――。左衛門佐――」

信繁の前には、身を盾にしようと集まった兵で人垣ができ、馬同士が接触して押されるように黒鎧との間に距離が生まれた。味方の兵が波のように動き出している。人壁で揉みくちゃになって、相手の姿を見ることができなくなった。

それでも、声だけは聞こえてくる。同じ言葉を繰り返しているのだ。

「真田――。左衛門佐――」

皆、黒鎧の騎馬武者の槍の穂先に、穂鞘《ほさや》がついたままなのに気づいたはずだ。単騎で現れたところを見ると、その声が一騎討ちを求めているのは明らかだ。

たった一騎だからこそ、真田隊が一斉射撃を行えば、卑怯《ひきょう》のそしりを受けかねない。敵味方を含めて戦場のあまたの目が、この丘に注がれているのだ。鉄砲組は下知を待つかのように沈黙している。

息を切らせるように駆け付けた使い番が、信繁の馬の手綱を取りながら叫んだ。

「追手は一騎のみ。神符八日月前立筋兜《すじかぶと》。伊達の片倉小十郎でござる」

その名前に思い当たるものがあった。軽い感慨を覚えながら、熱い息が漏れた。

「片倉小十郎の名は聞いたことがある。いまだ壮健であったか」

「それが息子のようでして」

「息子……」

一瞬、歳月の速さを感じた。そうだった。片倉景綱なら、自分より十歳は歳を重ねているはずだ。あの騎馬武者の動きは、若さ旺盛な男の振る舞いだ。

どうするか、迷いが生まれた。周囲は固唾《かたず》を飲むかのように静寂に満ちている。

「一人いたようですな。追って来る者が」

先刻、敵を揶揄《やゆ》した青野が、すぐ横でつぶやく声がした。

「撃ちますか」

苦虫でも噛み潰すような口調だった。

「いや、相手にするまでもない。足元に弾を撃ち込んで威嚇《いかく》して追い払え」

言い放つと同時に、信繁は反対方向に馬を進めた。

しばらくすると、後方で射撃音が戦場に木霊《こだま》した。馬上の信繁は振り返らない。

一瞬だけ、遠くで自分の名を呼ぶ悲しげな声を聞いたような気がした。

一刻《いっとき》半後。

真田隊は散り散りになった味方の兵を収容しながら、天王寺近くまで退却した。

そこで大きな民家に入ると、信繁は筆を用意し、灯明《とうみょう》の近くで一通の書状をしたためた。その書状を配下の者に持たせると、大坂城の阿梅のもとへと送り出した。

座敷では、だれもが明日の覚悟を決め、最後の酒宴が始まろうとしている。皆の労をねぎらうと、信繁は盃《さかずき》に酒を注いだ。

三

陰暦五月六日昼のうだるような暑さは、夜中になっても収まらなかった。

河内平野に風はなく、陽が陰っても熱気が去らない。暑さと疲労のせいで、片倉重綱は、宿営する陣所に着くなり、荒々しく腰を下ろした。

重綱の陣所は、大和川近くにあった。陣幕の入り口では、見張りの衛兵が防御を固めている。

味方の損害は大きく、近くの古民家には、数えきれないほどの負傷兵が収容された。そこから時折聞こえる絶叫が、修羅場の不気味さを際立たせていた。

上弦の月のもとで、ただ時が過ぎていく。

重綱の脳裏には、赤備えの真田隊の光景があった。退却する敵を追撃するのは、戦いの常道である。だが徳川軍は一人も動かず、追いかける者がいない。

敵将真田信繁は馬を小高い丘の上に停止させ、下に広がる平地に隙間もないほど林立する徳川方の幟《のぼり》を見ていた。

嘲笑《あざわら》うかのような信繁の姿が目に入った途端、体が勝手に動いた。気づけば、重綱は単騎で突進していた。信繁は必ず誘いに乗ると思いながら。

だが、違った。信繁は、重綱を相手にしなかった。威嚇射撃であしらいながら、大坂方面に去って行ったのだ。

あとには死体や負傷者が横たわり、戦場は赤く染まった。

残された徳川方は、満身創痍《まんしんそうい》。にもかかわらず、いつしか徳川方の勝鬨《かちどき》が上がっていた。重綱はその輪に加わらなかった。

そこまで回想すると、重綱は我に返った。どのくらいの時が経っただろうか。

少し眠ったかもしれない。夢とうつつの狭間《はざま》で戦いの光景を思い出していた。

放り投げた鎧直垂《よろいひたたれ》が鈍い音をたてて転がった。

徳川勢のだれが勝ったというのだ。

重綱はいたたまれなくなり、立ち上がって外に出ようと陣幕の入り口に向かった。中天に達した月が、重綱の内心を見透かすように光り輝いている。

すると、前方から怒声《どせい》が聞こえてきた。あれは衛兵の声だ。小走りに足軽が数人駆けて行く。

何事……。走っていく一団のあとを追うように、重綱もどよめきが聞こえる方向へ進んだ。

敵襲ではない。子どもの泣き声がする。人溜まりをかき分けて、泣き声のする方向に歩み出た。気づいた足軽たちが、脇に寄って重綱の通り道を作った。

見れば、四人の子どもがいる。四人とも娘だ。好奇な眼差《まなざ》しをした兵に囲まれている。重綱は娘たちの前に立った。

着ている小袖は泥にまみれており、四人とも薄汚れた顔をしている。歳はせいぜい十を数えたばかりといったところか。泣き声は、そのうちの三人の娘が発しているものだった。

一人だけ泣いていない。その娘の目には怯《おび》えが見て取れたが、気丈に重綱を凝視《ぎょうし》している。吸い込まれそうな目に見つめられて、一瞬、息を呑んだ。

乱取りから逃げてきたか。そう思って、重綱はその娘に声をかけた。

「怖いか」

娘がうなずいた。周りの者たちが興味本位で成り行きを見守っている。

重綱は、相手の目の高さに合わせてかがんだ。

「何が怖い」

答えようとする娘の目は、憂いを帯びている。が、すぐに気づいた。その目はもう、重綱を見てはいなかった。暗闇の何かをにらんでいる。

「音が」

「音……。何の音だ」

「鉄砲の音。父上を殺しに来る」

かがんでいた腰を伸ばして、重綱は一息ついた。

大坂方の娘だな。とっさにそう判断した。

「父の名は何という」

問われて、娘が再び重綱を見た。

娘が静かに、だがはっきりと、その名を告げた。

「真田左衛門佐信繁」

なんだと。重綱は目を見開いた。周りからも、どよめきが起きた。

「そなたの名は」

「阿梅」

「いくつだ」

「十二」

「他の三人は何者か……」

「姉と妹」

そこまで聞くと、重綱は後ろを振り返って大声で叫んだ。

「衛兵」

駆け寄ってきた男たちに問いただした。

「この娘たちを連れてきた者はどこにいる」

「あちらに」

暗くてよく見えなかったが、少し離れた所にも人溜まりがあった。数人の衛兵が刀を抜いたまま囲んでいる。

その真ん中には、二人の若い武士が座らされていた。若い武士は両人とも、別に騒ぎもせずに胡坐《あぐら》をかいている。

側近の一人が、身元を吟味している最中だった。

重綱が歩み寄ると、一人の武士は待っていたかのように、物おじせず身分を名乗った。

「真田左衛門佐家臣、我妻佐渡《あがつまさど》。横に控えますのは、同じく西村孫之進《まごのしん》でござる」

若い武士は落ち着いた挙措《きよそ》で、あいさつをした。

「書状は持っているのか」

我妻が懐《ふところ》から書状を出した。

「わが主、左衛門佐からの書状でござる。片倉小十郎殿、もしくは名代《みようだい》の方にかぎり渡すようにと、申しつかって参りました」

俺が片倉小十郎だ。そう言って、重綱は書状を受け取ると、篝火《かがりび》に近づいて中身を読んだ。

一度読んで概要を知り、もう一度読んで内容を確かめた。その中の一文が、重くのしかかった。

――何卒《なにとぞ》娘たちをお預かりくだされ候《そうろう》よう頼み奉《たてまつ》り候。

真田信繁は、自分の娘たちを片倉家に預けたいと願い出てきている。

なぜだ。重綱は、信繁の心を測りかねた。

我妻に口上を述べさせると、信繁の書状を補足した。

明日は嫡男・大助ともども討死する覚悟である。心残りはわが娘たちのこと。今日、刃を交えた縁で、娘たちを預かってもらえないか。

信繁が言ったという話の大要は、そういうものだった。

重綱は困惑した。敵将、しかも半日前に激戦を繰り広げたばかりの、真田信繁の娘を預かってよいのか。

独断で決められるものではない。主である伊達政宗の意に従わなければならない。

「わが主の判断を仰ぐゆえ、しばしの間、陣所で待て」

両人と娘四人の世話をするように衛兵に言い残して、重綱は政宗の本陣に向かった。

歩きながら考えたのは、書状を読んだ政宗の出方だ。

政宗は、徳川への忠誠心を疑われないようにと汲々《きゆうきゆう》としている。先鋒大将の水野に手柄を譲れ。戦いの前に、味方にそう指示を出したではないか。敵将真田信繁の娘たちを匿《かくま》うはずがない。真田の遺児を預かって、万が一、徳川に知られれば、伊達はただでは済むまい。

真田信繁の申し出を断るだろうと、重綱は予想した。

「しかと承知した、と返事をせよ」

政宗の下知は、重綱の予想に反するものだった。虚を衝《つ》かれて、重綱はとっさに聞き返していた。

「何ゆえでございますか」

「不服か」

「そうではございませぬが」

重綱は思い切って口にした。

「徳川に忠義を疑われませぬか。殿はそうした損得を気に掛けると思っておりました」

そう聞いても、政宗は少し笑みを浮かべただけだった。

戦いを終えたばかりにしては穏やかな、だが精気に溢れた口調で切り出した。

「むろん、損得を考えるのは大事だが――」

政宗の左目が嬉々とした光を帯びた。徳川を欺《あざむ》くぐらい朝飯前というような、そんな顔だ。差し出された書状の文面を指でたどると、諭すように重綱に語りかけた。

「損得で動かずに命を投げ出そうとする者が、ここにいる。その最後の頼みをむげに断るほど、無粋《ぶすい》ではない」

武人としての政宗の心意気なのだろう。

「ただちに姉妹たちを、京の屋敷に送り届けまする」

即座に立ち去ろうとすると、政宗に呼び止められた。重綱は、政宗の険しい眼差しに気づいた。

「皆が欲得で動く中、損得を越えた真田の生き様は、見る者の心を打つ。だがな」

話の向きが自分に向けられるのを悟った。政宗は腕を組むと、心なしか低い口調で続けた。

「いかに欲得を捨てて動いた結果とはいえ、今日のそちの行いはいただけない」

政宗は、重綱が単騎で真田隊を追い、銃口に身をさらしたことに言及している。重綱としては、自分の軽はずみな追撃も、今日の片倉隊の功績によって打ち消されるのではないかと考えていた。

この日、片倉隊は後藤又兵衛の部隊に決定的な打撃を与え、そのあと薄田兼相《すすきだかねすけ》の部隊、さらには真田信繁の部隊と戦った。討ち取った首級《しゅきゅう》は数知れない。結果、片倉隊の武勇は戦場に鳴り響いたからである。だが、甘かった。

「状況は変転する。不測の事態は常に起きるものだ。最初の指令に反して臨機応変に対処しても、咎めはしない。だが、そちのしたことは愚か者の行いだぞ」

「申し訳ございませぬ」

頭ではわかっていた。が、わかったところで己を止めようがなかったのだ。重綱は身を硬くして聞き続けた。

「若い頃、自分の中に鬼が棲んでいるような気がしていた。そちの中にも鬼がいる。その鬼を抑えることを覚えよ」

それは自身の経験から、重綱を思いやっての忠告に聞こえた。重綱は礼をしてその場を引き下がった。

本陣を出て、重綱はしばらく立ち尽くした。夜空には、星々がひしめき合うように輝いている。その一つひとつが命を煌《きら》めかせているかのようだ。

明日の戦いでは、真田信繁の戦いを見ることになる。

どう死ぬのか。いや、どう生きたのか、が正しい。

戦いが終わったあと、世の中は大きく変わるという予感を抱きながら、重綱は瞬《また》く星々をじっと見つめていた。

四

青空のもと、五郎八《いろは》姫を乗せた輿《こし》の行列が街道を進んで来る。

煌びやかな輿自体は立派なものだが、付き従う従者の数は二十人にも満たない。

政宗の息女とはいえ、徳川家康の六男・忠輝から離縁されて江戸を離れる境遇を慮《おもんぱか》り、行列が目立つのを避けたのだろう。

脇の田畑から街道の行列に気づいた農夫たちが、次々と地に伏せて頭を下げている。その様子は、重綱のいる白石城の櫓《やぐら》からもよく見えた。

仙台へ向かう五郎八姫が、途中の白石城に寄るという知らせは、半月前に重綱宛に届いていた。

「越後《えちご》少将殿は改易となり、そのために五郎八姫様は離縁と相なった。心の傷はまだ癒えておられぬかもしれぬ。そうした話は口に出さないことだ。そなたは、側室として姫様にごあいさつだけすればよい」

重綱は眼下の行列を見ながら、後ろにいる阿梅に話しかけた。

「承知しておりまする」

静かな声が返ってきた。まだ童《わらし》だった初対面の時と違って、阿梅の唇から漏れる声はすでに女の艶《つや》を帯びている。振り返ると、長い睫毛《まつげ》の下の涼しげな目が自分を見つめていた。

大坂の陣で豊臣家が滅びたのは、もう五年も前のことだ。

阿梅が片倉陣営を訪れた翌日、真田信繁は三千の兵を率いて徳川家康のいる本陣に決死の攻撃を行った。その猛攻のため、家康は三里程も本陣を後退させなければならなかった。

真田隊は多勢を相手に三度の攻撃を仕掛けるも、奮戦はそこまでで終わる。茶臼《ちゃうす》山《やま》に戻って態勢を立て直そうとするが、疲弊のためにままならず、真田信繁は乱戦の中で討ち取られた。

さらに息子の大助も、大坂城内で豊臣秀頼に殉死《じゅんし》した。

だが、真田信繁の勇猛果敢な戦いぶりは、敵である徳川方の多くの武将の心を打った。日《ひ》の本《もと》一の兵《つわもの》と呼んで信繁を賞賛したのである。

重綱自身、信繁の武勇にあやかりたいと、四人の息女を白石に連れ帰って保護し、数か月前、阿梅を側室に迎えた。

それだけでなく、真田の残党の中で片倉家を頼る者を積極的に受け入れた。

たとえば、信繁側近の三井景国だ。景国は信繁に同行して鉄砲組を率いたが、道明寺の戦いで負傷し、手当てのため京都の西本願寺に匿われていた。阿梅が側室になったのを機に、片倉家を頼って白石を訪れたのだ。

その際、九つの男の子を連れてきている。名は真田四郎兵衛《しろべえ》だという。景国はその少年を、真田信繁の従弟《いとこ》にあたる真田政信の嫡男だと紹介した。

四郎兵衛は、ろくにあいさつもできない無口な子だった。それでも重綱は、四郎兵衛が元服すれば片倉家で召し抱えることを約束し、二人を城下に住まわせた。

つかの間、重綱は三十六になった己の人生を顧みた。

大坂の陣の直後に元号は元和《げんな》に改まり、天下は太平が続いている。徳川の世は盤《ばん》石《じゃく》なものになりつつある。時の流れの速さを感じずにはいられなかった。

「五郎八姫様は長旅でお疲れのはずだ。しばらくお休みいただき、そのあとでお会いしよう」

重綱はそのつもりだったが、五郎八姫は到着早々、面会を望んできた。さっそく阿梅を連れて、二人で本丸御殿の広間に向かった。

五郎八姫は、銀糸の縫い取りのある打掛《うちかけ》を羽織った姿で、座して待っていた。どこか憂いを帯びた、はかなげな風情《ふぜい》。が、思ったより顔色はよく、健やかそうに見えた。

「これは小十郎殿、しばらくでした。数日の間、世話になります」

重綱に気づくと、五郎八姫は破顔した。

元和二年（一六一六）四月、家康は七十五歳の生涯を終えた。その直後に、五郎八姫の元夫の松平忠輝は、将軍秀忠《ひでただ》から改易とされ伊勢に流罪となった。今は飛騨《ひだ》高山に移され、依然として赦免《しゃめん》はない。

一方、離縁された五郎八姫には、多くの縁談話が持ち込まれていると聞くが、再《さい》婚《か》には応じていない。その理由についても、多くを語ろうとしなかった。

父親の政宗は、独り身の五郎八姫を仙台に迎えたがり、その願いがもうすぐ叶おうとしている。

「姫様、ご機嫌麗《うるわ》しゅうございます。ここはもう伊達家の領内でござれば、わが家と思っておくつろぎくだされ」

重綱が笑顔を向けると、五郎八姫はつと目を細めた。

「かたじけのうございます」

短く言って、重綱の後ろで頭を下げる阿梅に目をやった。だれなのか、知りたがっている素振りだ。重綱は、ひとつ咳払いをした。

「じつは……。ここに控えまするは、このたび側室に迎えた阿梅にございまする」

「おお、それはおめでたい。阿梅殿、片倉の家の繁栄のためによろしくお頼み申しますぞ」

重綱の正室・綾《あや》は、病弱だった。二人の間には娘がいるが、嫡男は生まれていない。こういう時、周りはなにかと跡継ぎを気にするものだ。

「阿梅にございまする。お見知りおきくださいませ」

阿梅はあいさつをしながら、両手をついて頭を下げる。その姿勢のまま、顔を上げようとしなかった。恐縮する阿梅の様子を見て、五郎八姫に笑みが浮かんだ。

「この小十郎殿は若かりし時より、美丈夫《びじょうふ》で名を馳せたものです。よき伴侶《はんりょ》となるでしょう。ただ」

思わせぶりな表情を繕《つくろ》った。阿梅の気が和《やわ》らぐように仕向けている。

「血気にはやるところがあります。よくよく気を付けてください。剛毅も度が過ぎれば、己を危うくします。もう聞きましたか。大坂の役で四人の騎馬武者を討ち取った話は」

「存じております」

二人の女から笑い声がこぼれた。

重綱は話の向きを変えようと、慌てて切り出した。

「阿梅の父は、日の本一の兵と名高い真田左衛門佐殿でございます」

そう聞いて、五郎八姫の表情が固まった。呆気に取られた顔で、阿梅を見つめ返した。

「真田、あの真田ですか」

重綱は五郎八姫に話した。誉田での伊達と真田の戦い。その夜に届いた真田信繁の書状。四人の姉妹が片倉の陣屋に現れたこと、など。

五郎八姫はじっと聞き入っていた。大坂の役の時、阿梅が大坂城内にいたことを知ると、当時の状況に関心を示した。

「堅城だった冬の時点ならともかく、濠を埋められた夏の陣の際、城内の人々は勝てると思うていたのですか」

大坂方の敗北で決着したが、終わってみれば、無謀な戦いだったといえる。

「当時の私はまだ十二でございましたから、大人たちが何を考えていたのかまではわかりませんでした。ただ、あまりにもたくさんの人がいて、皆が同じことを考えていたとは思えません」

大坂城内には、諸国からさまざまな立場の者が集《つど》っていた。

上質の衣服を身にまとい、多数の家臣を従えた元大名。野良着同然の身なりに胴丸だけをつけた百姓くずれ。キリシタン信者を集めて南蛮人の宣教師さながらに教理を説く男。城内の金目の財宝を狙いに来た盗賊まがいの者。

幼い姉妹たちは、突然、放り込まれた戦場でおののいてばかりいたという。

「幼いそなたたちまで連れて入城したということは、真田左衛門佐殿は、味方から信用されていなかったということですか」

「当時、私は父の身の回りの世話を仰せ付けられておりましたが、あとになって思い返せば――」

阿梅の顔に影が差す。彼女たちは、真田信繁が寝返りを疑われないよう、大坂方に預けられた人質だったのだろう。

信繁の兄・真田信之は関ケ原で徳川方について以後、徳川の家臣となっている。そうした関係から、信繁は寝返りを疑われやすい立場ではある。

だが、重綱の思いも、五郎八姫の思いと同じだ。もともと分《ぶ》が悪い戦いなのだ。その状況で、なぜ味方同士を信じないのか。真田信繁の代わりとなれる者が他にいるというのか。

「その状況で生き残ったのだから、真田の姉妹は強運だったのでしょう」

五郎八姫が感心した様子でうなずくと、阿梅は重綱を見てにこりと笑った。

「つらいことを思い出させるようで心が痛みますが、多くの人の生き死にを見たのでしょう。どのような人が死に、どのような人が生き残ったとみますか」

答えに詰まる問いである。五郎八姫は、武人として物事を考えるのではなく、ひとりの人間として、生を享《う》けた者の有り様を知ろうとしている。重綱はそう感じ取った。

驚いたことに阿梅は即答した。

「城で勇猛だと評判の高かった人たちは、皆、死にました。他人に優しく従順な人も死にました」

屈強な者はむしろ早く死んだ。大坂方では、若者も、勇ましい者も生き残らなかった。

恐怖が城内を覆っていた。戦わずに、曲輪《くるわ》の片隅で腹を切る者もいた。思いつめた表情の者は、大切に残しておいた酒を真顔で呷《あお》ると、勇んで城外に飛び出し、二度と帰ってこなかったという。

　では、生きながらえたのはだれか。

「恐怖に耐えて生きながらえたのは、生きる意味をもっていた者だと存じます」

　自分を待ちわびてくれる人がいる者。やり残した使命がある者。そういう者は、人生を投げ出すことができないのだと阿梅はいう。

　たしかにそうだ。重綱は合点がいった。そうした者たちは、なぜ自分が生存すべきかを知っているので、いかなる状態になっても生きようとする。

「父・左衛門佐は勇猛でございましたが、すでに死を受け入れた死人《しびと》でありました」

　牢人だった自分が、将の身分を仰せ付けられ、采配を振るえるのは本懐だ。真田信繁はそう語っていた。いかに堂々と死んで己の名を残すか。信繁の思いは、その一点に向けられていたという。

　阿梅は語りながら、畳に目を落とし、ゆっくりと目を閉じた。気を取り直して開かれた目は、彼女の心に刻まれた父親の思い出で滲《にじ》んでいる。

　阿梅が声を詰まらせる前に、重綱はあとの言葉を引き継いだ。

「武人であるそれがしが思うに、相手が強敵かどうか、ここを見ればわかるという一点がございます」

重綱が最初の一太刀《ひとたち》を放った際に、相手がその一撃をかわしたり、自分の剣で受けた時の顔だ。

「弱い敵ならば、こちらの攻撃を受け止めるのがやっとで、次はどうしようかという迷いや、後ろ向きの表情が顔に出ます」

戦う者として、これほどやりやすい相手はいない。

「強敵はこちらの攻撃を受けた時、次に来る攻撃を瞬時に読み、それを逆手《さかて》にとって討ち取ろうという、前向きの表情が顔に出ます。部隊同士の戦いも同じことで、真田隊は伊達の戦法に対して、即座に応手を編み出しました。まことの強者《つわもの》でございました」

それを聞いた五郎八姫が、興味深い話です、と言った。

「阿梅殿の前でこんなことを申し上げては非礼かとも思いますが、戦いの中で伊達も真田も、互いを認め合ったということなのでしょう」

手ごわいのは蛮勇を振るう者ではない。そうした者は無謀な戦いに突進していく。重綱が単騎で真田隊のあとを追い、信繁を引っ張り出そうとしたように。

重綱は気づかれないように、そっと嘆息した。

「真田殿はあざやかに采配を振るい、潔《いさぎよ》く戦いました。勝ち目のない戦いの中でも、決して――」

自暴自棄にはならなかった。最後まで、戦いの転換点になりそうな勝負の綾を見極めようとしていた。

「真田殿の死は、生きづらい世の中を耐えて生きた男の見事な死に様でございましたな」

「今の話を聞いて、私は喜多《きた》殿のことを思い出しました」

五郎八姫が思いがけない人の名を挙げた。

「伯母《おば》を」

意外な展開に、重綱は驚いた。

片倉喜多は、重綱の父・景綱《かげつな》の姉。重綱にとっては伯母にあたる。十年前に亡くなった。享年《きょうねん》七十三。

当主政宗の養育係を務めたが、政宗の勘気《かんき》を被り、蟄居《ちっきょ》を命じられた。晩年は白石城の近くに草庵《そうあん》を構え、里の者に読み書きを教えた。

「じつは、江戸で母上から喜多殿のお墓参りを頼まれたのです」

五郎八姫の母・愛姫《めごひめ》は、江戸住まい。喜多の墓前に花を手向《たむ》けることもできず、深く嘆いていたらしい。代わりの墓参を五郎八姫に託したのだった。

「ありがたいことでございます。大方様《おおかたさま》はご健勝にあらせられますか」

「無事に過ごしております。とはいえ、五十を超えた頃から、足の痛みを口にするようになりました。喜多殿と過ごした奥羽《おうう》での暮らしを懐かしんでおりました」

重綱は亡き伯母を思い出してくれる人がいると知り、救われた気持ちになった。

五郎八姫は信繁の話を知り喜多を思い出したというが、そう聞いて重綱にも思い当たるふしがあった。

真田信繁は、勝てぬ戦と知りながら運命を受け止め、豊臣家に義を尽くして散った。他方、片倉喜多は、伊達家のために無断で政宗の愛妾《あいしょう》を秀吉に差し出した結果、人里離れた草庵に隠棲《いんせい》した。

二人を知る重綱がしみじみ思うのは、どちらの生き様にも清々しい香りが漂っていることである。

真田信繁が選んだ生き方と、伯母・喜多が選んだ生き方と。男と女の違いはあっても、烈士《れっし》とはそういうものなのだ。

「真田左衛門佐殿は何かを言い残されましたか」

日の本一の兵が最後に何を考えていたのか。五郎八姫が単刀直入に聞いた。

「運があれば、真田の家は生き残るだろう。行く末は、そなたにかかっている。そう、父は申しました」

阿梅が一言一句を思い出す様子で、噛み締めるように答えた。

真田の家――。いま阿梅がそう言った。それは改めて決意を固めたがゆえに、何気なしに口からこぼれた言葉に思えた。

「では、男の子も残されたのですか」

五郎八姫は、阿梅の言葉から、男の子が残されたと考えたにちがいない。家を継ぐのは、女子ではなく男子だからだ。

信繁には兄・信之がいて、真田宗家は信之が継いだことで生き残っている。とすれば、信繁の言った真田の家とは、信繁の直系の家ということになる。

真田の家は生き残るだろう――。

阿梅の表情に動揺が走った。顔色も心なしか陰りを帯びた。その変化を、五郎八姫は見逃さなかった。重綱自身は、五郎八姫が阿梅を凝視したのを見て、後追いで阿梅の動揺を知ったにすぎない。

重綱と五郎八姫が見つめる中、阿梅の目が泳いだ。言葉を探している。

重綱にもわかった。何かを隠している。

が、今は五郎八姫の前だ。即座に阿梅に助け舟を出した。

「先頃、三井景国という真田家家臣が白石にやって参りました。左衛門佐殿には大坂の陣で亡くなった嫡男・大助殿の他に、大八殿という次男がいて、景国が大八殿を保護しておりました」

阿梅はまだ自分の手元に目を落としたままだった。重綱は横目で阿梅を見ながら、五郎八姫に向かって続けた。

「阿梅、そうだな」

「はい」

阿梅の声はかすれていた。

「景国によれば、大八殿は、京の端午《たんご》の節句の石合戦で命を落とした由《よし》にございます」

端午の節句の石合戦とは、五月五日に行われる京の年中行事である。とくに元和二年（一六一六）の石合戦は盛大に行われたせいで、多数の死者を出す事件となった。

その事件に巻き込まれて、大八は五歳で死んだ。重綱と阿梅は、景国からそう報告を受けた。それは、真田信繁の血を引く男子が絶えたことを意味した。

あの時、阿梅はたしかに落胆していた。だが、涙は見せなかった。

「それは気の毒でした」

五郎八姫はなお不審を感じる素振りを見せたものの、込み入った話を避けるように、そこで打ち切りとなった。

勘のいいお人だ。重綱は五郎八姫の心遣いに感謝した。

第三者の前で、側室を問い詰めるのは気が引ける。できれば二人きりで話を聞きたい。

さて、どうしたものか。

五

　重綱は一晩考えた。

　昨日、五郎八姫に問われて語った阿梅の話。その時の阿梅の言葉使いや表情を、繰り返し思い起こした。ふとした拍子に浮かんだ疑問は、いくつかの断片をつなぎ合わせるうちに、しだいに一つの結論へと形をなしていった。

　いくら考えても、他の答えは出ない。重綱は自分の判断が正しいだろうという自信があった。

　だとしたら、やはり阿梅に確かめてみるしかない。だが、阿梅は柔らかな物腰とは裏腹に、内面には芯の強さを秘めている。切り出し方がむずかしいのだ。きっかけを探してみたが、考えれば考えるほど、心はゆらゆらと動いて定まらない。

　ともあれ、呼び出してみよう、と決めた時。

「お話がございます」

　阿梅のほうから、重綱と二人だけで話がしたい、と求めてきた。重綱は人払いをして、屋敷の奥の部屋に阿梅を招いた。

　座った阿梅は、懲罰《ちょうばつ》を言い渡される咎人《とがびと》のように、伏し目がちに下を向いて身じろぎもしない。いくら待っても、なかなか口を開こうとしなかった。

やむを得ず、重綱から口火を切った。

「端的に言おう。そなたの父・真田左衛門佐殿の次男の大八。三井景国の話では石合戦の石に当たって死んだというが、その話は嘘だと思っている」

重綱のたどり着いた考えは、大八の死は偽装だということだ。五郎八姫も不審を抱いたように、その話が出た時の阿梅の動揺は尋常ではなかった。

「景国が訪ねてきた折、長旅の疲れを思いやって有耶無耶《うやむや》になったが、大八の形見一つ差し出さなかったはずだ。死んだという証しを何ひとつ見ていない。だいいち、位牌《いはい》はどうしたのだ。位牌ぐらいは持参するものであろう」

かりに位牌は寺に安置したというのなら、墓を確かめればよい。墓を調べることぐらいなら、人を送ればすぐにできる。

と、思いがけずに阿梅が立ち上がり、部屋を出て行った。呆気に取られていると、すぐに紫の袱紗《ふくさ》を手にした阿梅が戻ってきた。

阿梅は重綱の前に袱紗の包みを差し出し、静かに開いて中の物を取り出した。

重綱は見た。白い手に握られていたのは位牌。黒の漆《うるし》塗りの札板には、金泥《きんでい》で名が刻まれている。

「弟・大八の位牌でございます」

えっ……。

重綱は凍りついた。息を止めて阿梅を見つめた。

「では、大八は本当に死んだのか」

口から出た声は上ずっていた。自分がとんでもない勘違いをしているような気がした。己は間の抜けた顔をしているのではないか。とっさにそんなことを考えた。

「そうではありません。世の人の目を欺くために拵《こしら》えた偽りの位牌でございます」

張りつめた顔の阿梅はいつしか、今まで重綱が見たことのない凄《すご》みをまとっている。その眼差しは、微笑んだ時の阿梅よりも妖艶な輝きを放っていた。

「お気づきになったのは、大八の死の証しを見ていなかったから。それだけでございますか」

重綱は我に返っていた。阿梅の視線を真っ直ぐに受け止めた。

「他にもある。三井景国が連れていた真田四郎兵衛のことだ。景国の話によれば」

真田左衛門佐信繁の父・昌幸には弟の信尹《のぶただ》がいる。信繁にとっては叔父にあたる。四郎兵衛は信尹の子・政信を父にもつという。つまり、無口の四郎兵衛は、真田信尹の孫とされている。

「真田信尹殿といえば、関ケ原以来の徳川家のお旗本。その孫を、何ゆえ左衛門佐殿の配下の三井景国が連れているのか。何ゆえ、阿梅を頼って奥羽の片倉家に来るのか。そこが腑《ふ》に落ちなかった」

　阿梅が後を継いだ。

「その家柄は、いずれ幕府が真田家の遺児の取締りを行うことを見込んで、あらかじめ偽装したものでございます。偽の家系図も作りました。信尹の子の政信が四郎兵衛の父だと申しましたが、政信なる人物は実在しませぬ」

　架空の人物。ああ、やはり……。

「四郎兵衛が弟の大八でございます」

　無口の四郎兵衛。無口なのは、ぼろが出ないように口を閉じていたのか。

　阿梅がはっきりと口にしたところで、二人の間に沈黙が流れた。蔵王《ざおう》の山から吹く風に部屋の障子《しょうじ》の軋《きし》む音が響いた。

　二人は姉と弟の関係を表に出さなかった。いや、思い返せば、その兆候を今なら指摘できる。四郎兵衛はまだ九つ。その幼さから、偽りがあるはずがないと勝手に信じ込んでいただけだ。

「この企みは、いったいだれが考え出したのだ」

　かろうじて重綱が声を発した。今まで阿梅を理解していたと思っていたが、全くわかっていなかった。真実を突き付けられた今、重綱の胸の内にあるのは混乱だった。

　阿梅が、重綱の内面を見透かすように優しく言った。

「黙っていたこと、ご容赦くださいませ。ですが、お知りにならぬほうがよかったのです。お知りになればのちのち、ご迷惑がかかることもございますゆえ」

重綱は黙って聞いていた。一瞬、すべて忘れ去ったほうがよいのかも、と考えたが、すぐに打ち消した。昨日の話に出た片倉喜多や真田信繁、彼らはどんな巡り合わせも、真っ向から受け止めたではないか。

「最初からすべて申してみよ」

阿梅が居住まいを正した。

「考え出したのは、父・真田左衛門佐でございます。まだ、大坂夏の陣が始まる前のこと」

重綱は身構えた。聞き終わった時、阿梅との関係が変わらなければいいが、との思いがよぎる。

阿梅が語りはじめた。

「冬の役が終わった時、大坂城は外濠も内濠も埋められました。かつて二の丸、三の丸のお濠や塀だった所が、一面の野原になっておりました」

大坂城はもはや堅城ではなかった。大坂方は籠城戦を諦め、城外に出て野戦を強いられることになる。

「そうなれば、兵力で上回る徳川方の勝ちは揺るぎない。父は討ち死にを覚悟いたしました」

阿梅は落ち着いていた。何度も思い出しているのだろう。立て板に水のごとく説明した。

「父は真田の血を残すことを考えました。戦場に赴く大助はいずれ死を免《まぬか》れないが、幼い大八が生き残れば、父の血筋は受け継がれまする。戦いで武名を残せば、私たち姉妹を引き取ろうとする家が必ず出てくる。その家に男子である大八を託せ、と」

わが血を絶やすな。

生き延びよ。何としても。

「父には兄の信之がおりました。ご存じのとおり、徳川方の武将でございます。父はそれまでにも伯父の援助を受けて生きてきましたから、このうえ、子どもたちの面倒をみさせるわけにはいかぬと申しました」

徳川方である信之に大八を託せば、何かと板挟みになる。

「では、どの家に姉妹を託せばいいか。徳川譜代《ふだい》の大名は心変わりの恐れがあります。父は外様の奥羽がよい、と申しました」

その時、まだ少女だった阿梅は、奥羽がどこにあるのか知らなかった。忘れないように、何度か、「おうう、おうう」とつぶやいた。

「父は、一族の家臣に大八を託し、出陣して行きました」

そうだったのか。重綱の脳裏には真田の赤い軍旗が浮かんだ。

死の直前まで、真田信繁は残される娘たちと息子・大八のことを気にかけていたという。阿梅に託し、大八に笑いかけ、末娘のおかねを励ました。

「片倉家の皆様に保護され、阿梅は幸せでございました。そこで京の景国に手紙を書き、大八を呼び寄せたというしだいでございます」

真田の遺臣以外、だれにも知らせずに。秘密を固く守りながら。

すべてを秘密裏に運んだ理由は、重綱にも察しがついた。

その背景には、峻烈《しゅんれつ》を極めた落人《おちうど》狩りがある。大坂城が炎上した数日後、豊臣秀頼の男子・国松丸《くにまつまる》が京の六条河原で斬首された。また、大坂城に入った仙石秀範《せんごくひでのり》の子・長太郎も捕らえられ、同じく六条河原で命を絶たれた。

さらに、直後の六月には、幕府から諸大名に対して、大坂残党を厳しく探索するように布令が出されている。

敵将の男子は、命が保障されていないのだ。

「左衛門佐殿は、この俺がそなたを見初《みそ》めて側室に迎えることまで予期していたのだろうか」

気づけば、重綱は一番知りたい問いを阿梅に投げかけていた。

あまりにもできすぎていると思う。重綱は、信繁の掌《たなごころ》の上で転がされているような気がした。

「それはありませぬ」

即座に、阿梅が断言した。

「父は、私たち姉妹を上杉家に託すと話していたのでございます」

「上杉……」

関ケ原の戦いの火種となった上杉家。信義に厚い家風。領国を減らされたことで徳川家に義理はなく、真田の遺児を徳川に売るとは考えにくい。

奥羽とは、伊達ではなく、上杉のことだったのか。

「行先を片倉家にせよ、と父が伝えてきたのは、お会いした当日のことでした」

道明寺近くの誉田村で戦った日だ。赤い甲冑の真田信繁と出会った。一騎討ちには応じなかったが、あの時、信繁は自分を選んだのか。

阿梅の片倉家への輿入れ。信繁がそこまで周到に想像できたわけではないと納得した。

が、阿梅自身はどうなのだろう。重綱は疑問をぶつけたい衝動を抑えかねていた。それでもすぐには問いを口にしなかったのは、その答えを聞くのに躊躇《ちゅうちょ》したからだ。

いや、すでに婚姻の儀は終わり、阿梅は重綱の側室となった。振り返れば、最初に出会った時からそう願ってきたような気がする。

薄汚れた着物に身を包みながら、隠しようのない輝き。吸い込まれそうな目。側室に迎えたのは自分の意思だった。かりに、阿梅自身が自分を利用したのなら、利用されればいいだけの話だ。

「真田家のそなたが俺の側室になったのは、大八を保護するという役目を果たす意図から出たものなのか」

「私が殿に嫁いだのは、江戸の御前様が可愛《かわい》がってくださり、側室になることを後押ししてくださったゆえにございます」

偽りとは思えなかった。

重綱の正室・綾は病気がちで、嫡男は生まれていない。江戸の屋敷に立ち寄った際、綾は阿梅に伝えていた。殿を頼みます、と。

白石の地は、奥深い山の中にある。痩せた土地では十分な農作物は望めない。そういう土地だからこそ、人は強い絆で結ばれる。重綱と阿梅も、そうした風土の中で自然と結ばれたにすぎない。

「いや、だれかの手の上で踊らされているような気がしたがゆえ、口をついて出た戯《ざ》れ言《ごと》だ。つまらぬことを聞いた。許せ」

人はこれから起こる出来事を知ることができない。どんなに周到に用意をしても、あらかじめ決めた道だけを歩いて行けるわけではない。前を塞ぐ物もあれば、落とし穴もある。平坦な道も山道もある。

「とにかく真田左衛門佐殿に託されたのだ。いずれは大八に真田家を継がせよう。真田左衛門佐につながる者として」

重綱が宣言した。それこそが阿梅の望みでもある。

「あっ、そういえば」

阿梅が懐かしむかのように、思いがけないことを口にした。

「御屋形様だけは、今日の日を予見なされたのかもしれませぬ」

伊達政宗は江戸と仙台とを行き来する際に、白石城に寄る。二年程前、二人で話をしたのだという。

「殿と二人で……」

五十を超えてから、政宗の鬢《びん》には白髪が目立つようになった。若かりし時の豪胆な行いが嘘のように、近頃は泰然《たいぜん》自若《じじゃく》な振る舞いに終始している。

「殿は何と仰せられたのか」

「小十郎の心には鬼が棲んでいると」

「それは俺も聞いたことがある」

重綱が政宗に言われたのは、大坂夏の陣の時だった。

「心に鬼を飼っていると、己を見失う。御屋形様はそう仰せになりました。鬼は影。影を消すにはどうするか」

政宗は阿梅に問うたという。話しながら、阿梅は重綱を澄んだ目で見返した。

「光を当てるのだそうでございます。御屋形様の周りには、いつも光を当ててくれた女人《にょにん》がいた、とのことでございました」

「殿がそうおっしゃったのか」

阿梅がうなずいた。

重綱は阿梅を見つめた。最初に出会った時の、少女の面影を見た気がした。感極まった者の顔は、子どものような表情をするものだ。

昨日、生きながらえる者とはどういう人間か、と五郎八姫が問うた。阿梅はそれに答えて、生きる意味をもっている者だと言った。

そう語る阿梅を見て確信したのだ。今、阿梅は生きる意味をもっていると。だから、信繁の息子の話にたどり着いた。

そして真田の血をつなぐ使命を帯びていると知った。

大八は死んでいないと、そう重綱が感じたのは、阿梅に生きる意味を見たからだった。

叶えてみせる。阿梅の望みを。

真田信繁の願いを。

雉《きじ》だろうか。澄み切った空の下のどこかで、雄叫《おたけ》びのような鳥の鳴き声が聞こえていた。

◆

父・信繁に託された使命を重綱に包み隠さず話したことで、阿梅は心が少し軽くなった。

徳川の攻撃を受けながら大坂城に籠城した日々を経て、阿梅の目の前にはっきりと光明が見えてきた。

戦国の世において、義など無きに等しい。かつて阿梅はそう思っていた。

もし義が尊ばれるものならば、秀吉の遺言どおりに、徳川は秀頼に政権を渡すべきであった。それでも徳川の世が訪れたのではないか。

勝つことがすべてなのだ。戦国の世では、男は自身の中に鬼を棲まわせ、勝つために手段を選ばない。それまでの阿梅はそう思っていた。

だが、それならどうして、殿は弟・大八を匿い、いずれ真田家を継がせるというのか。

殿だけではない。大坂夏の陣の折、御屋形様の鶴の一声で、阿梅姉妹の保護が決まったと聞く。

阿梅の脳裏に、かつて伊達政宗と交わした言葉が蘇った。

政宗は懐かしそうな顔で、自身の周りにいた女たちの話を語った。母からは助言を受け、喜多には武家のあり方を教わり、妻に励まされた。だが、必ずしも平穏な日々ばかりではなかったという。

「米沢《よねざわ》で暮らした母上、保姆《ほぼ》の喜多、今は江戸に居る愛《めご》。俺は、周りの女たちと何度も衝突を繰り返したものだ」

そう語る政宗の顔には、暗い陰が宿っていた。

「俺の中には、鬼がいた。いま思えば、その鬼を抑えられない時、決まって自分を見失い、壁にぶつかった」

若かった頃の政宗が蛮勇を振るった話を、阿梅も聞き及んでいた。

鬼は自分の影のようなもので、完全に断つことはできないという。

「小十郎も俺と似たところがある。もし、やつが己を見失った時に、光を当てるのはそなたかもしれぬ」

御屋形様の心にも鬼はいた。光を当てられたことで、いつしか心の鬼は姿が見えなくなり、落ち着きのある風格を備えるまでになった。

光を当てたのが、御屋形様の話した女たちだというのは、容易に想像がつく。

武家の女たちは、家を守ることに生きる意味を見出すものだが、伊達の女はそれに加えて、鬼を飼う男たちに、光を当てる存在なのだ。

その話を御屋形様から聞いた時に、阿梅は、自分も同じ道を歩もうと決意した。


ふいに、重綱が自分を呼ぶ声がした。

阿梅は我に返った。目の前に、重綱が座していた。

「左衛門佐殿の血を継ぐ家を再興しようぞ。なに、そなたがおれば大丈夫だ。なにせ真田家の娘だからな」

いいえ、という言葉が、即座に口をついて出た。

「すでに真田家の娘ではありませぬ。私は――」

阿梅は穏やかに言った。

伊達の女でございます。

＊　＊　＊

白石城主の片倉重綱は、後に三代将軍家光《いえみつ》に嫡男の家綱《いえつな》が生まれると、諱《いみな》の綱の文字を避けて重長《しげなが》と改名する。

寛永《かんえい》十三年（一六三六）、江戸に向かう伊達政宗は白石城に一泊するが、その際の片倉重長の拝謁《はいえつ》が今生《こんじょう》の別れとなる。江戸に到着した政宗は、直後に病没した。享年七十。

阿梅は、重長の正室・綾が六年後に死去すると継室となり、三代目景長《かげなが》（重長の外孫）の養母となる。また、亡父・真田信繁の菩提《ぼだい》を弔《とむら》う月心院《げっしんいん》を建立《こんりゅう》している。信繁の次男・真田大八は、幕府の追及を避けて片倉姓を名乗り、片倉久米介守信《くめのすけもりのぶ》として伊達家に召し抱えられ、仙台藩士になったとする伝承がある。島原の乱のあと、江戸幕府が豊臣方残党の探索を行った際には、偽装した家系図を見せて虚偽情報を伝え、事なきを得たと伝わる。本姓の真田に復したのは、正徳《しょうとく》二年（一七一二）、守信の嫡男・辰信《ときのぶ》の時代。ただし、これは、真田信尹の家筋に連なる者とされたという。

仙台真田氏が名実ともに真田信繁の血脈を伝える家柄だと公に主張されたのは、明治維新後のことである。

了

謝辞

月刊『歴史街道』に愛姫に関する短編を掲載していただいたご縁から、編集長の大山耕介氏より、「伊達政宗をめぐる女性たちの連作短編を書きませんか」という企画を提示されました。企画書には物語になりそうな十人ほどの候補者の名前が記載されており、それを読んで「この企画は自分がやりたい」と考え、お受けする運びとなりました。

各話の最後には、現在の視点から「まとめ」のような記述を記載しておりますが、中にはあくまで成り立ちうる解釈の一つを提示したにすぎないものもあり、確定した史実を反映したものとは限りません。

本書を執筆するにあたっては、高視聴率を誇った昭和六十二年（一九八七）放送のNHK大河ドラマ『独眼竜政宗』から多くの恩恵を得ています。また、福島県立図書館、福島市立図書館、伊達市立図書館、伊達市保原歴史文化資料館などの諸機関にお世話になりました。

関係者の皆様に謝意を表します。

〈主要参考文献〉

『仙台藩伊達家の女たち』安部宗男著　宝文堂出版販売
『政宗をめぐる十人の女』紫桃正隆著　宝文堂
『宮城の女性』中山栄子著　金港堂出版部
『伊達政宗』小林清治著　吉川弘文館（人物叢書）
『伊達政宗と南奥の戦国時代』垣内和孝著　吉川弘文館
『伊達政宗の研究　新装版』小林清治著　吉川弘文館
「貞山公治家記録」『伊達治家記録1〜4』所収　宝文堂出版販売
『伊達政宗1〜8』山岡荘八著　講談社（山岡荘八歴史文庫）
『独眼龍政宗　上下』津本陽著　文藝春秋（文春文庫）
『戦国時代の南奥羽社会　大崎・伊達・最上氏』遠藤ゆり子著　吉川弘文館
『素顔の伊達政宗　「筆まめ」戦国大名の生き様』佐藤憲一著　洋泉社（歴史新書y）
「小田原参陣前、弟・小次郎を殺してはいなかった⁉」佐藤憲一著　『歴史街道』二〇一八年十一月号所収　PHP研究所
「伊達政宗と母義姫―毒殺未遂事件と弟殺害について」佐藤憲一著　『市史せんだ

い』Ｖｏｌ．27 仙台市博物館発行
『北天に楽土あり　最上義光伝』天野純希著　徳間書店
『福島県史』福島県文書学事課編　福島県
『白石市史１（通史篇）』白石市史編さん委員編　白石市
『名参謀　片倉小十郎　伊達政宗を支えた父子鷹』飯田勝彦著　新人物往来社（新人物文庫）
『松平忠輝と家臣団　家康・秀忠政権下の秘史』中嶋次太郎著　名著出版
『真田信繁　幸村と呼ばれた男の真実』平山優著　ＫＡＤＯＫＡＷＡ（角川選書）
『真田幸村と伊達家』小西幸雄著　大崎八幡宮仙台・江戸学実行委員会（国宝大崎八幡宮仙台・江戸学叢書）
『仙台真田氏物語　幸村の遺志を守った娘、阿梅』堀米薫著　くもん出版
『城塞　上中下』司馬遼太郎著　新潮社（新潮文庫）
「三春町愛姫生誕４５０年特設ウェブサイト」福島県田村郡三春町ホームページ

本書は、二〇二〇年十一月にＰＨＰ研究所から発刊
された作品を、加筆・修正したものです。

著者紹介

佐藤巖太郎（さとう　がんたろう）

1962年、福島県生まれ。中央大学法学部法律学科卒業。2011年、「夢幻の扉」で第91回オール讀物新人賞を受賞してデビュー。16年、「啄木鳥」で第１回決戦！小説大賞を受賞。17年、『会津執権の栄誉』で第７回本屋が選ぶ時代小説大賞を受賞、第157回直木賞候補作となる。著書に『将軍の子』（文藝春秋）など。

ＰＨＰ文芸文庫　伊達《だて》女《おんな》

2024年１月23日　第１版第１刷

著　者　　佐藤巖太郎
発行者　　永田貴之
発行所　　株式会社ＰＨＰ研究所

東京本部　〒135-8137 江東区豊洲5-6-52
文化事業部　☎03-3520-9620（編集）
普及部　☎03-3520-9630（販売）
京都本部　〒601-8411 京都市南区西九条北ノ内町11

PHP INTERFACE　https://www.php.co.jp/

組　版　　朝日メディアインターナショナル株式会社
印刷所　　大日本印刷株式会社
製本所　　東京美術紙工協業組合

ISBN978-4-569-90371-2

PHP文芸文庫

天離《あまさか》り果つる国（上・下）

宮本昌孝 著

「飛騨の「天空の城」に織田信長ら列強の魔の手が迫る。天才軍師・竹中半兵衛の愛弟子はその時――。疾風怒濤の戦国エンタテインメント。

PHP文芸文庫

家康と九人の女

秋月達郎 著

祖母、母、妻、娘……徳川家康の生涯を、彼が関わった女性たちの視点から浮き彫りにし、新たな魅力と側面を描き出す連作短編小説。

PHP文芸文庫

月と日の后（上・下）

冲方 丁 著

内気な少女は、いかにして〝平安のゴッドマザー〟となったのか。藤原道長の娘・彰子の人生をドラマチックに描く著者渾身の歴史小説。

火《か》定《じょう》

澤田瞳子 著

天然痘が蔓延する平城京で、感染を食い止めんとする医師と、混乱に乗じる者は――。直木賞・吉川英治文学新人賞ダブルノミネート作品。

PHP文芸文庫

白村江《はくそんこう》

荒山徹　著

「週刊朝日　歴史・時代小説ベスト10」第1位！「白村江の戦い」の真の勝者とは――激動の東アジアを壮大なスケールで描く感動巨編。

いい湯じゃのう（一）〜（三）

風野真知雄 著

徳川吉宗が湯屋で謎解き⁉ そこに江戸を揺るがす、御落胤騒動が……。御庭番やくノ一も入り乱れる、笑いとスリルのシリーズ！

PHP文芸文庫

仇《かたき》持ち

町医・栗山庵の弟子日録（一）

知野みさき 著

兄の復讐のため、江戸に出てきた凜。仇に近づく手段として、凄腕の町医者・千歳の助手となるが――。人情時代小説シリーズ第一弾！

PHP文芸文庫

幽霊長屋、お貸しします（一）（二）

泉ゆたか 著

事件を集める種拾い・お奈津は〝幽霊部屋専門〟の家守、直吉に出会い――。「時代小説×事故物件」の切なくも心温まる人気シリーズ。